中公文庫

高座のホームズ

昭和稲荷町らくご探偵

愛川　　晶

中央公論新社

目次

高座のホームズ

昭和稲荷町らくご探偵

プロローグ

住所は、台東区浅草《あさくさ》四丁目。

ひさご通りから言問《こととい》通りを越え、旧吉原《よしわら》方面へと続く一・二キロほどの千束《せんぞく》通り。アーケードを備えた道の両側には飲食店や食料品店はもちろん、書画や骨董《こっとう》、織物や染め物など多彩な店舗が軒を連ねている。

そんな商店街の中、千束小学校の東側あたりにある一軒の寿司屋。入口には、紺地に白く『柳寿司』と染め抜かれた暖簾《のれん》が掛けられ、その左脇には『江戸前寿司　仕出し』の文字の入った白い提灯《ちょうちん》が吊るされていた。

冬の夕暮れ時。今にも降り出しそうな空模様の下、グレーのスーツの上にダウンジャケットを羽織った中年男が入口のガラス戸を開けた。暖簾を手の甲ではね上げ、中へ首を突っ込んで、

「一人、いいかな?」

「へい。いらっしゃい！　奥へどうぞ」

威勢のいい声に迎えられて、男が店内に足を踏み入れる。

店内は白木のカウンターに椅子が八つ、奥に小上がり。口開け早々だから、まだ客の姿はなく、ガラスケースには新鮮そうな海の幸がずらりと並んでいた。

カウンターの奥にいた店の主《あるじ》は七十代くらいの老人で、襟付《えりつ》きの白衣に白シャツ、白の前掛けという服装で、頭には威勢のいいねじり鉢巻き。肌が浅黒く、髪はほぼ真っ白だが、顔にはほとんどしわがなく、血色もよかった。

「いらっしゃいまし。いやあ、年の瀬になって、急に寒さがやってきましたねえ。どうぞ、お座りくだ……おやあ？　お客さん、この間、佐々木《さ さ き》さんと一緒にいらっしゃいましたよね」

「そうそう。さすがは客商売だねえ。実は、僕も佐々木なんだ。ここの常連の彼とは従兄弟《いとこ》同士だから。もしよかったら、『佐々木二号』とでも呼んでください」

「あははは！　ご冗談がお上手ですね。とりあえず、お座りください。コートは、ハンガーがそこにありますから」

ダウンジャケットを脱いで壁際に掛けた男はカウンターの丸椅子に腰を下ろし、とりあえずグラスの生ビールを注文する。

そして、おしぼりで手を拭きながら店内をきょろきょろ見回していたが、カウンターにビールのグラスが置かれた時、ついにたまりかねたように、

「ねえ、親父さん、例の看板娘は……？　たしか、紘華《ひろか》ちゃんとか言いましたよね」

「ああ、はい。ちょいと、外へ遊びに行ってましてね」

「えっ、そうなんだ。残念だなあ。また会えると思って、楽しみにして来たのに……」

男が顔をしかめたのを見て、主が苦笑する。

「おやおや。佐々木さんのお目当ては、あたしの握る寿司じゃなくて、紘華なんですか」

「いや、そんなことないけど……でも、あれほどの美形の看板娘はめったにいませんよ。ファンが現れても不思議はない」

「看板娘ったって、もう十歳ですけどね」

「だとしても、娘は娘でしょう」

「そりゃ、まあ、そうなんですけど……へい。まずはお通しです」

カウンターに置かれたのはイカの塩辛の小鉢とシメサバが載った小皿。

客は早速箸《はし》を取り、サバをつまんで、軽く眼を見張る。

「こりゃ、しめ加減が上々だ。昆布の風味もいい。親父さん、さすが年期が入ってますね」

「ありがとうございます」

「それはそうと……親父さん、元は芸人だったそうですね」

「はい……？　ああ、なるほど」

主は軽くうなずくと、小さめの白い湯飲みを手に取り、口へ運ぶ。中身はたぶん酒だろう。

「佐々木一号さんからお聞きになったんですね」

「うふふふ。一号さんはいいな。じゃあ、僕は男のくせに『二号さん』だ」

「お客さん、噺家《はなしか》よりも口が達者ですね」

「噺家よりも……じゃあ、漫才やコントじゃなくて、元は落語家ですか」

「ええ、まあ」

「そりゃ、いい。僕も落語は大好きなんですよ。で、誰の弟子だったんですか」

「先《せん》の東橋《とうきょう》師匠。もう身内じゃないから、『師匠』と呼ばせてもらいますがね」

「へえ。そりゃ、名門だ。すると、今の東橋さんは……」

「兄弟子です。あたしが二つ目の頃には、小東橋《ことうきょう》を名乗ってました」

「ふうん。でも、どうして落語をやめちゃったんですか。それと、当時の芸名は……？」

「いきなり、何もかも喋《しゃべ》れと言われてもねえ。どうです？　とりあえず、ウニか大トロを注文してもらえませんか」

「いや……これは一本、まいりました。じゃあ、ちょうど少し腹が空いているから、そこまで高くはないけど、白身でも握ってもらいましょう」

「へい。承知しました」

「ところで……親父さんのご本名は『柳《やなぎ》さん』ですか」

「いいえ、違いますよ。あたしの名字は『板倉《いたくら》』です」

「えっ？　でも、暖簾が……」

「ああ、うちの屋号か。おかしなことを気にされますねえ」

刺身を引いていた主が柳葉包丁《やなぎばぼうちょう》を置き、笑いながら寿司を握り始める。

「本当は『幽霊寿司』にするつもりだったんだけど、『それじゃ、あんまりひどい』と女房に反対されたもんで、お化けにはつきものの柳にしたんです」

「へえ、幽霊寿司？　そりゃまた斬新な屋号だけど……なぜ幽霊なんですか」

「へい、ヒラメ、お待ち！　ほら、これ、これですよ」

「これって……？」

謎の言葉をかけられ、男が二貫の寿司を睨《にら》み、黙り込んでいると、主はまた酒を口に含んで、

「寿司ってやつは、上に魚が載ってて、下がシャリでしょう」

「まあ、確かに」

「早い話、表が魚で裏が飯……うらめしいってなわけです」

「あはは！　なるほど。だから、幽霊寿司か。よくできてるねえ、それは」

男が笑いながら一貫を口へ放り込む。

「うん。コリコリしてて、いい歯応《はごた》えだ、これは……ところで、ねえ、親父さん」

「また、『ところで』ですか」

「申し訳ない。今、ひょいと思い出したんだけど、さっきの『裏飯い』って、たしか稲荷《いなり》町《ちょう》がこしらえたクスグリだよね」

「えっ……？　こりゃ、驚いた。よくご存じですねえ。『二《ふた》つ面《めん》』て噺に出てくるんですよ。あたしはお宅へもちょくちょくおじゃましまして、一時は身内同然にかわいがっていただきました」

「へえ。それはうらやましい。僕も大好きでねえ。といっても、生の高座には間に合わなくて、ＣＤやＤＶＤを買い集めてるだけど……『中村仲蔵《なかむらなかぞう》』『文七元結《ぶんしちもっとい》』『一眼国《いちがんこく》』、どれも絶品揃いだもの。

　そうそう。忘れちゃいけない。あとは、三代目小《こ》さん師匠の直伝《じきでん》だという『天災』。こうやってると、高座の声が耳元で聞こえてくるよ」

第一話　「天災」から「初天神」

1

「『……やいやい。いいかげんにしろよ。手紙と他人《ひと》の顔を見比べやがって、わらってやがら』」

新宿区神楽坂《かぐらざか》にある落語と色物の定席《じょうせき》・神楽坂倶楽部《くらぶ》の二間《ふたま》続きの楽屋。そのうち、奥の部屋に備えつけられたモニターから、高座の声が聞こえてきた。『定席』とは一年三百六十五日、常に演芸が行われている寄席のことだ。

「『どういたしまして。そんな不作法なまねはいたしません』

『いたしませんたって、いたしたじゃねえか。しかも、鼻でふんとわらいやがった。そういうのを〈忠臣蔵《ちゅうしんぐら》笑い〉てえんだぞ』

『忠臣蔵、笑い……？』

『鼻でフン忠臣蔵ってんだ。知ってるか』

『あははは。これはおもしろいことをおっしゃいますな』」

ここで場内がどっと沸く。落語の中のギャグを『クスグリ』と呼ぶが、古風なクスグリがゆったりとした口調とよく調和して、客席のツボに入ったらしい。

「うらやましがってちゃいけねえんだろうが……やっぱり、うらやましくもなるよなあ。客が手ぐすね引いて、待ち構えてやがるぜ」

浅草亭てっ橋《きょう》が小声でぼやいた。彼はモニターとは反対側の壁際に、着物姿で正座している。

「明治二十八年生まれで、御年《おんとし》八十三歳。高座に姿を現しただけで大拍手だものなあ」

今日は十二月中席《なかせき》の楽日《らくび》。夜の部の五本めとして高座に上がり、白黒の画面に映っているのは八代目林家正蔵《はやしやしょうぞう》師匠。人情噺や怪談噺を得意とする昭和の名人の一人で、歌舞伎と同様の書き割りや三味線、太鼓などの鳴り物を使った道具入り芝居噺の唯一の継承者でもあった。六代目三遊亭圓生《さんゆうていえんしょう》師匠を『柏木《かしわぎ》』、五代目柳家小さん《やなぎやこ》師匠を『目白』など、大看板《おおかんばん》の落語家を住んでいる町名で呼ぶことがあるが、この師匠の場合は『稲荷町』だ。

「『お手紙の様子では、斎藤大人《さいとうたいじん》のご隣家《りんか》の八五郎《はちごろう》さんとおっしゃるのはあなた様で？』

『あなた様ってほどの代物《しろもん》じゃねえけど、八五郎はあっしだよ』

『あなたはたいそう恚乱《いらん》だそうですな』

『何を、淫乱《いんらん》だぁ？』

『淫乱ではなく、恚乱。短気でいらっしゃる』

『こう見えたって人間だぞ。タヌキとは何だ？』

『いや、タヌキじゃない。お気が短い。それがために、たった一人のおっ母さんをぶち打擲《ちょうちゃく》なさるそうですが、それはよくございませんなあ』」

演目は『天災』。虫の居所が悪いと母親でも蹴飛ばす乱暴者の八五郎が横町のご隠居の家にやってきて、『女房とおふくろを離縁したいから、離縁状を書いてくれ』と要求する。隠居はそんな性根《しょうね》を直したいという親心から『長谷川町《はせがわちょう》の新道《しんみち》に紅羅坊名丸《べにらぼうなまる》という心学の先生がいる。そこへ行って話を聞いてこい』と言い、添え状を書いてやるのだが……そんな筋立てである。

「稲荷町はもちろん名人だが、あんな枯れた芸を俺なんぞが手本にしたって始まらねえ」

てっ橋はぼやき続ける。二間続きのうち、入口から手前が落語家の、そして、奥が『色物』と呼ばれる漫才、曲芸、奇術、音曲《おんぎょく》などの芸人の楽屋だが、てっ橋はまだ身分が二つ目なので、遠慮して奥の方に陣取っていた。

「昔は噺さえうまくなりゃよかったが、今の時代はそれだけじゃ済まねえ。前座の時分はいいが、二つ目になったとたん、自分で進む道を探さなくちゃならねえんだ。おい、歌太《うたた》、お前《めえ》だって他人事《ひとごと》じゃ……何だよ、おい」

肩の力が抜けてしまう。夜の部を担当する三人の前座のうち、最もキャリアが長く、進行を取り仕切る立前座《たてぜんざ》の姿が少し前から見えない。

お囃子《はやし》担当の一人は高座脇の太鼓部屋に詰めているから、今楽屋にいるのは一番下《した》っ端《ぱ》の舞遊亭《ぶゆうてい》歌太だけだが、見ると、楽屋の隅に正座したまま、舟を漕《こ》いでいた。

協会幹部の舞遊亭歌橋《かきょう》師匠のところへ大学卒業と同時に入門して、一年。内弟子修業は苦労が多く、疲れきっているのだろう。

（俺にも覚えがあるぜ。あの頃は、とにかく一日も早く前座を終えて、羽織が着られる身分になりてえと、そればかりだったが、いざ年期が明けてみると……）

思わず、深いため息をついてしまった。

「『いや、腹を立てたところで、喧嘩をするには、相手にもよりましょう』」

高座では、心学者の名丸先生が喧嘩好きの八五郎に向かって『風に柳の心をもて』と諭《さと》すが、理解してもらえないため、たとえ話でわからせようとする。

「『水を撒《ま》いて、あなたの着物の裾《すそ》にかけた小僧がまだ十《とお》か十一の頑是《がんぜ》ない子供だとしたら、どうなさる？』

『どうなさるって、考えてごらんよ。十や十一のガキが所帯をもってるはずがねえ。いずれ飼い主があるでしょう』

『か、飼い主？』

『だから、その小僧をぶら下げて、そこの家へおっ放《ぽ》り込んじまう。〈やい、この野郎、手前《てめえ》んとこじゃあ、何だってこんなのろまな小僧を雇いやがるんだ〉って、怒鳴《どな》り込んでやるね、あたしゃ』
『……ははあ、さようですか。いや、ごもっともさまで』」

2

浅草亭てっ橋は三十二歳。東京の落語界には前座、二つ目、真打ちという三つの階級があるが、二十五歳の時、この世界に入ったてっ橋は四年間の前座修業を経て、二つ目に昇進。ここまでは順調だったのだが、その後、芸が伸び悩んでいた。

身長百六十九センチ、体重五十九キロ。高校時代は体操部に所属し、それ以降もずっと数字は変わらないが、腕や脚の筋肉の量は無惨なほど落ちていた。浅黒い肌、細い眼、肉をそぎ落としたような頬。まあ、精悍《せいかん》な風貌と言えないこともないが、芸人としてはあまりにも愛嬌に乏《とぼ》しい。

「『……一里四方もあろうと思われる広い原中《はらなか》へあなたさまが通り合わせたと思《おぼ》し召せ。夏の雨は馬の背を分ける。一天にわかにかき曇ったなと見る間に、たらいの水を空けたような大降りだ。どうなさる?』」

高座では稲荷町。心学の教えをなかなか理解しない八五郎を相手にたとえ話を続けていた。

『小僧のかけたわずかな水で腹を立てたのだから、全身ぐしょ濡れなら我慢できまい。誰《たれ》を相手に喧嘩をする？』と詰め寄られ、さすがの八五郎も返事に窮してしまう。

「『そんなこと言われたって、喧嘩や大掃除なんてもんは一人じゃやれないよ。相手が天道《てんとう》じゃあ、しょうがねえ』

『さ、そこだ』

『どこです？』

『捜しちゃあいけない。水を撒いていたのが小僧だから腹が立つが、天から降った雨に濡れたと思えば腹も立たない。これを仏説では因縁、我々未熟なる心学では天のなす災いと書いて〈天災〉と読ませますが、おわかりかな』

『……ははあ、なるほどねえ。すっかりわかっちゃった』」

声を聞きながら、てっ橋は立ち上がり、隣りの部屋の隅まで歩く。

「おい！　何をやってるんだ」

いきなり起こされた歌太は、寝《ね》ぼけ眼《まなこ》で辺りを見回す。

「いくら名前が歌太だからって、楽屋でうたた寝はよくねえな。お席亭《せきてい》に見つかりゃ、また小言だ」

前座のすぐ脇に腰を下ろす。『席亭』は寄席のオーナーのことである。

「あ、あいすみません。心を入れ替えますので、どうかご内聞に」

「やる気がねえんなら、早めに見切りをつけた方が身のためだぜ。大体、お前《めえ》、世間にちょいと名の通った大学まで出ていながら、何で噺家なんぞになっちまったんだ？」

尋ねてみたが、返事はない。おそらく、始終似たような質問をされ、嫌気が差しているのだろう。近頃では大学卒の落語家が珍しくなくなったが、歌太もその一人で、しかも理学部物理学科出身という変わり種だった。

「こんな調子じゃ、前座修業はどうにか乗り切れても、そのあとですぐに行き詰まるぞ。生きた見本が目の前に座ってらあ」

相手は黙ったままで、曖昧《あいまい》な笑みを顔に浮かべる。それはそうだろう。『おっしゃる通り』などと返せば、喧嘩になってしまう。

「そもそも、落語界全体が斜陽産業なんだ。今から二十二、三年前、東京とその近辺には十数軒の寄席があったが、噺家の数は百人もいなかった。その頃には、二つ目だって常に何軒かかけ持ちするのがあたり前。とりあえず、毎日高座に上がって落語を喋ることができた。今となっては夢のような話だぜ」

てっ橋自身は昭和二十一年生まれで、ぎりぎりの戦後派だが、落語を聞き始めたのが遅かったため、リアルタイムでは当時の状況を知らない。記録によると、昭和二十一年に市《いち》川鈴本《かわすずもと》、二十九年に神田立花《たちばな》演芸場、三十年に麻布十番《あざぶじゅうばん》倶楽部、三十七年に川崎《かわさき》演芸場、そして、四十五年に人形町末広《にんぎょうちょうすえひろ》と寄席の閉場が続いている。

「そんな状態だってのに、なぜか噺家の数だけは増え続け、二百を軽く超えちまった。こうなると、昔とは違って、めったに寄席からはお呼びがかからねえ。俺の師匠は売れていて、トリを取る機会が多いから、いくらかましだが、それでも二月《ふたつき》か三月《みつき》に十日がせいぜい。噂によると、鈴本で木戸を突かれた二つ目が何人もいるってえからな」

『木戸を突かれる』とは、寄席の木戸口で入場料を請求されること。要するに、素人《しろうと》と間違われたわけで、売れていない芸人という烙印《らくいん》を押されたも同然。ちなみに、上野《うえの》鈴本演芸場は最古の歴史を誇る老舗《しにせ》だ。

「今度の芝居だって、たまに師匠抜きで神楽坂から声がかかったかと思えば、ヨビだもの。たまったもんじゃねえぜ、まったく」

『ヨビ』は『予備出演者』。何かの都合で突如休演が出た場合に備え、楽屋で待機する役割だが、電話という文明の利器がある現在では実際に高座に穴が開くことは珍しく、ただ座っているだけという日の方が圧倒的に多かった。

　神楽坂倶楽部の創業は大正五年。国鉄飯田橋《いいだばし》駅方向から神楽坂通りを進み、坂の途中、毘沙門《びしゃもん》様で有名な善國寺《ぜんこくじ》の少し手前を左へ入った位置にある。

「そりゃ、以前には生涯前座って噺家も珍しくなかったそうだぜ」

　てっ橋は続ける。いったん愚痴を言い出すと、止まらなくなってしまった。

「中には、真打ち昇進後、食うに困り、自ら望んで前座に戻った例まであったらしいが、今は時代が……ん？　おやあ」

　急に言葉がとぎれたのは、高座の声が再び耳に入ってきたからだ。

「『……あなたはたいそう淫乱だ』

『よせよ。くだらねえことを言うんじゃねえ。こっちは女の事《こっ》てごたごたして、隣り近所にまだ挨拶もしてねえんだぞ！』

『お、おい。怒っちゃいけねえよ。〈インラン〉てえのは気が短けえって符牒《ふちょう》なんだから』」

『天災』はすでに後半。家に帰った八五郎は『隣りの家に前の女房が暴れ込んできて、騒ぎになった』と聞き、早速紅羅坊名丸の教えを使って説教しようとするが、付け焼き刃でうまくいかない。

「おい。もうそろそろ切れちまうぞ。それなのに、おあとが……」

　言いかけた時、あわただしく駆けてくる足音が聞こえ、立前座の松葉家《まつばや》ごん吉《きち》が飛び込んできた。

「大変です。文六《ぶんろく》師匠がまだ来ません。このままだと、高座に穴が開きます。てっ橋兄《あに》さん、よろしくお願いします」

「何だってぇ……？」

　驚きの余り、立ち上がってしまう。

「そりゃあ、お前、上がるのはかまわねえが……」

「『ええと、それがためにだ、たった一人のおっ母さんをぶち打擲なさる』

『俺んとこにゃ、おふくろはいねえよ』

『あ、そうか。でも、おいらの家《うち》にはいるんだ。あれ、蹴飛ばすのに貸そうか』

『よそのもの、借りなくたっていいや』」

最もクスグリの多い部分だけに、客席では笑いの渦が巻き起こっていた。

「こ、このあとに……俺に一席喋れっていうのかよ？」

「でも、あとなしですから、何とかお願いします。私も、まさかこんなことになるとは思いませんでした」

ごん吉が大きく顔をしかめる。何か訳がありそうだが、確かめている余裕はなかった。楽屋中を見渡しても、前座を除けば、次に上がれる芸人は自分しかいないのだ。

「……わ、わかったよ。演《や》りゃあ、いいんだろう。演ってやるさ」

ふと見ると、うつむいた歌太の肩が細かく揺れている。ついさっきまで自分を叱りつけていた先輩があわてふためく姿を見て、喜んでいるのだ。

（ばかにしやがって！　見てろよ。俺だって、ちょいとその気になりゃあ……でも、さすがに荷が重すぎるな）

一体どんな噺を選べばいいのか、まるで見当もつかない。

「『一里四方の原が一天にわかにかき曇り、バリバリバリ……』

『何か破いてるのかい』

『違うよ。たらいの水を空けたような大降りになる。とたんに小僧が水を撒く』

『どこの小僧だい。頭が悪いな』」

いよいよサゲ間際。いわゆるオチだが、仲間内ではこの言い方を好む者が多かった。

「『だから、何事も天だと思えってんだ。お前だって、先《せん》のかかあが暴れ込んできたと思うから腹が立つんだ。天道が来たのなら腹も立つめえ。これ、すなわち天災だ』

『いいや、うちのは先妻の間違い』」

笑いと拍手とともに、自分の出囃子が流れ出す。普段はおまじないなどしたことがないが、七年前に亡くなった桂文楽《かつらぶんらく》師匠のまねをして、てっ橋は『人』の字を扇子で掌《てのひら》に書き、立て続けに呑み込み始めた。

3

「冗談じゃねえぞ、まったく。文六の野郎、ふざけるのも大概《てえげえ》にしろってんだ！」

同じ日の夜更け。業平橋《なりひらばし》の途中で立ち止まり、てっ橋は大声で叫んだ。

「自分で出番を替えてくれって言っておきながら、ダンマリで抜くなんて、そんなベラボウがあるもんか」

呪っている相手は花翁亭《かおうてい》文六師匠。年はちょうど五十で、名前が似ている文楽師匠とは大きく違い、お世辞にも売れているとは言えないのに楽屋でひどく口うるさいため、後輩や前座に嫌われている。

昨日、文六師匠は立前座のごん吉に出番のやりくりを頼んだ。何か別の仕事が入った場合などによくあることで、立前座はその興行の進行を任されているから、融通をつけることは可能だが、その場合、依頼した側が『謝金』を払うのが慣例になっている。

現在、謝金の相場は千円だが、文六師匠はごん吉に倍の二千円を手渡した。理由は、変更してもらったとしても、寄席に到着する時刻が出番直前、いわゆる『駆け上がり』の状態になるからで、迷惑料込みの金額であった。

定席の場合、十日間のうち休演は三日までという暗黙のルールがあり、文六師匠はこの芝居、すでに目一杯休んでいたので、抜きたくなかったのだろう。

『気をもませることになるかもしれないけど、六時半には絶対に着くし、高座着のままで移動するから大丈夫だよ』

そうは言われたものの、さすがに心配になり、ごん吉は表に出ていたが、ぎりぎりまで待っても来ないため、あわてふためき、楽屋へ駆け込んできたというわけだ。

（心の準備が一切なしで、いきなり稲荷町のあとに上がれと言われれば、誰だっておこつ、

くさ。あたり前《めえ》じゃねえか）

『おこつく』は『つまずく』。この場合は『とちる』という意味だ。

てっ橋が選んだ演目は『道具屋』。代表的な前座噺の一つで、おなじみのばかの与太郎《よたろう》が古道具屋を始め、失敗するという他愛もない落語だが、これは自由自在に時間調節ができる便利な噺でもある。

正月など持ち時間の短い時には五、六分でも演じられるし、通常ではカットされる『毛抜きでひげを抜く男』や『木魚を叩くお婆さん』まで登場させれば一時間近くかかる。

狙いは悪くなかったはずなのだが、長々とつなぐはめになる場合を想定して、普段は演らない『毛抜き』の件《くだり》を入れたのがいけなかった。そこで、おこついてしまったのだ。

高座で絶句するなどという失態は前座の時以来で、常連の一人からは『どうした？　しっかりしろ』などという叱責まで受けた。調子を取り戻そうとしたのだが、うまくいかず、てっ橋はしどろもどろになりながら何とか持ち時間だけは消化して、高座を下りた。結局、文六師匠は最後まで姿を現さなかった。

楽屋へ戻ると、寄席の若旦那である岸本寅市《きしもととらいち》氏がいた。年齢が三十三歳。現在の席亭は父親の楽市《らくいち》氏だが、体調を崩し、二年前から息子がほとんど取り仕切っている。若旦那はてっ橋の顔を見るなり、『たった十五分の穴も埋められないとは情けねえ』と吐き捨てた。

各寄席の興行ごとの出演者を記した紙を『かけぶれ』と呼び、一月上旬の芝居のかけぶれがすでに届いていた。皮肉なことに、文六師匠もてっ橋も神楽坂の昼の部に名前があって、いまさら変えようがないが、その後はしばらく、二人とも呼ばれないだろう。

先々のことを考えると気が滅入り、てっ橋は飯田橋駅近くの居酒屋で、やけ酒を飲んできたのだ。

(文六の野郎は自業自得だが、こっちはとんだとばっちりじゃねえか。あいつ、二つ目になってからまで、俺に祟《たた》りやがって……)

とにかく口うるさい師匠だったが、中でも特に目の敵《かたき》にされたのが前座時代のてっ橋だった。『態度が生意気だ』というのがその理由だが、逆らった覚えなど一度もない。愛嬌に乏しいのは生まれつきで、改善しようがなく、徹底的にいじめ抜かれた。

(そんなやつが、こともあろうに、うちの一門になるなんて。まったく、何の因果だろう)

文六師匠は三代目花翁亭文勝《ぶんかつ》師匠の弟子だったが、高齢だった師匠が昨年の夏に亡くなったため、十月から東橋師匠の身内になったのだ。

「……ああ、嫌《や》だ、嫌だ。何もかも嫌になっちまった」

暗い水面《みなも》を眺めながら、てっ橋はまた声に出してつぶやいた。

川の名は大横川《おおよこがわ》だが、元々運河なので、幅が狭い。橋が架かっている場所は墨田区業平《なりひら》一丁目。東武伊勢崎《いせざき》線の業平橋駅のすぐ近くだ。

「兄さんたちが『二つ目貧乏はつらい』とよく嘆いていたが、まさかここまでとは思わなかったぜ」

前座は基本的に無給だが、とりあえず食うには困らない。師匠や先輩、楽屋では立前座が面倒をみてくれるからだ。

年期明け後は自由を手に入れる代わりに、自ら食《く》い扶持《ぶち》を稼ぐ必要に迫られるが、寄席の出番は少なく、『ワリ』と呼ばれる報酬もごくわずか。あとは先輩や仲間の紹介で小規模な落語会に出演したり、イベントの余興や結婚式の司会などアルバイトをしたりするわけだが、てっ橋の場合、それらに精を出しても生活は苦しく、すでに半年近く家賃を滞納していた。

その昔、この近くに名人と呼ばれた古今亭志《ここんていし》ん生《しょう》一家が暮らす『なめくじ長屋』があったそうだが、てっ橋が住む六畳一間の古アパートも、汚さではたぶん引けを取らない。

（やっぱり、俺は刺身を引いたり、寿司を握ったりしている方が似合ってたのかな。噺家なんぞになる柄じゃなかったんだ。何せ、田舎者《いなかもの》だし……）

浅草亭てっ橋こと板倉堅太郎《けんたろう》は茨城県水戸《みと》市の出身で、三人兄弟の次男。三人のうち、一つ年上の兄の慎一《しんいち》とはよく双子と間違われたほど風貌が似通っていたが、慎一は生来の粗暴な性格で、高校を中退して家を飛び出し、その後はほとんど寄りつかない。大型トラックの運転手をしていると聞いたが、幼い頃にはずいぶんいじらめれたから、会う機会がなくて幸いだった。

そんな訳で、両親は堅太郎に農家の跡取りになってほしかったようだが、彼はその役割をうまい具合に末っ子の弟に押しつけ、高校卒業後上京し、新宿区内の老舗の寿司屋に就職した。

修業はつらく、先輩から鉄拳制裁を受けることも日常茶飯事だったが、もともと手先が器用だったため、同期の中では一番の有望株と言われ、それを励みに何とか頑張り続けた。

そこに七年間勤め、独り立ちできるだけの腕を身につけたのだが、二十五歳の時、どうしても落語家になりたいという思いに駆られ、五代目浅草亭東橋師匠のもとに入門した。

茨城にいた頃は、演芸とはまったく無縁の生活で、上京後、落語好きだった寿司屋の親方に連れられ、店から近い神楽坂倶楽部に足を踏み入れたのが興味をもつようになったきっかけだ。したがって、『店を辞めて落語家になる』と告げた時、親方は泣き笑いのような表情を浮かべた。自分が蒔《ま》いた種だから、怒るに怒れなかったのだろう。

(いまさら寿司職人にも戻れねえが、このまま噺家を続けて、いつか芽が出るんだろうか?　もうすぐ初席だってのに……)

寄席の芝居……つまり興行は、毎月一日から十日までが上席《かみせき》、十一日から二十日までが中席、二十一日からが下席《しもせき》だが、一月の上席を特に『初席』と呼び、この十日間は寄席にとっても、芸人にとっても、一年中で一番の書き入れ時だ。

前座時代は、正月が来るのが楽しみだった。師匠・先輩方からお年玉がもらえるからだ。『ポチ袋』と呼ばれる小さな祝儀袋の中身はわずかだが、数が多いので、まとまれば相当な額になる。

しかし、今は逆に出す方の立場。一緒に渡す手ぬぐいを染める費用もかかるので、両方合わせると、痛い出費だ。

てっ橋は大きなため息をついてから、冷たい万年床が待つ自分の狭い城へと足を向けた。

4

「『……おい、ばあさん。何をそんなにあわててるんだ？　腰巻きにご先祖の位牌《いはい》をくるんで、どうしようってんだよ』
『だって、おじいさんが小網町《こあみちょう》で半鐘《はんしょう》が鳴るって……火事なんでしょう？』
『こいつ、また寝ぼけてやがるな』」

しわがれた作り声でぼやくと、クスクス笑いがさざ波のように広がる。

「『だから、〈小網町から半七《はんしち》が来た〉と言ったんだよ』
『そうかい。半坊《はんぼう》、よくおいでだね。あら、お前、ちょっと見ないうちに苦労したんだねえ。ずいぶんとまた老けて――』

『俺だよ！　じれってえなあ。半七はまだ外だ』」

どっと大きな笑いが弾《はじ》けた。年が改まって、今日は元日。毘沙門様の初詣《はつもう》で帰りの客も多く、神楽坂倶楽部初席は第一部の最初から超満員の盛況になった。

第一部のトリは当代一の人気者・浅草亭東橋師匠で、演目は『宮戸川《みやとがわ》』。質屋の若旦那である半七は将棋に熱中しすぎて、父親から締め出しを食ってしまう。困っていると、隣家である船宿《ふなやど》の娘のお花《はな》もカルタ遊びで帰りが遅くなり、同様に締め出されてしまった。困ったお花は、霊岸島《れいがんじま》に住む叔父・久太《きゅうた》の家に泊めてもらうという半七に無理やりついていき、今はちょうど叔父の家に到着した場面だ。

「『ああ、わかった、わかった。今開けてやるから、そうドンドン叩くな。どうせまた、将棋で親をしくじってきやがったんだろう。まったくだらしねえやつだ。どうせしくじるんなら、女でしくじれ！　その方がよっぽど外聞《げえぶん》がいいや。若い娘の手を引っ張って訪ねてきたのなら、二つ返事で泊めてやらあ。それを、お前ときたら……ほら、早く入《へえ》れ』」

促されたが、すぐ後ろにお花がいるので、半七は動けない。

「『何をぐずぐずしてやがんだよ。早いとこ……おやあ？　半坊、お前《めえ》、とうとうやったな！』

『い、いえ、あの、叔父さん、これは違うんです』

『わかってる、わかってる！　何《なん》にも言うな。万事この俺が呑み込んだから、任しとけ！』」

　最前よりも大きな笑い声と拍手の音。それもそのはず。前半部分で、早合点ばかりする叔父のあだ名が『呑み込み久太』だと説明されていた。

「さすがは東橋さんだ。聞いてて小気味《こきみ》いいぜ」

　メインの楽屋の中央にあぐらをかき、岸本寅市氏が言った。肥満体でぎょろ目。実年齢よりはかなり老けて見える。この部屋には座卓が一つ置かれているが、その周囲に座るのは協会の幹部のみ。席亭の息子でさえ、めったに腰を下ろさなかった。

　とりあえず、自分の師匠をほめられたのだから、悪い気はしなかったが、それに続けて、

「あれだけの芸をもってるんだから、ちゃんと弟子を仕込んでもらいたいね。惣領はしっかりしてるんだが、その下が……」

　わざと言葉を濁し、奥の部屋の壁際にいるてっ橋をじろりと睨む。先輩芸人たちの視線が自分に集まるのを感じ、いたたまれない気分になった。

（……若旦那、酒でも入っているのかな。やたらと絡んでくるぜ）

　浅草亭一門は現在弟子が三人。一番弟子は四年前真打ちに昇進し、四代目小東橋を襲名した。軽妙な芸風で、楽屋内の評価も高い。てっ橋より四つ年上だが、入門が十八歳なので、十年以上もキャリアが違う。てっ橋の下に前座の『東《とん》かち』がいるが、入門からまだ一年で、噺はからっ下手《ぺた》の域を出なかった。

ちなみに、小東橋師匠の前座名は『ほどう橋』。とにかく、まずはお客様に名前を覚えていただくのが先決というのが、東橋師匠の方針だった。

（俺のことが目障《めざわ》りなら、ほかの二つ目と交替させりゃいい。一部、二部通しで楽屋に置いといて、真綿《まわた》で首を絞めるのはやめてもらいてえよ）

神楽坂倶楽部の初席。本来、てっ橋の出番は第一部の最初口《サラクチ》、つまり前座の次だったが、第二部に出演するはずの二つ目が急に都合が悪くなったため、ついでにそっちも頼むと、一昨日協会の事務員から連絡があった。ほかに回る先もないので、普段なら別にかまわないのだが、てっ橋にとっては針のむしろだった。

ちなみに、神楽坂倶楽部の初席は三部制。第一部は午前十一時開演で、現在の時刻は午後一時四十五分。トリの持ち時間が終わりに近づいていた。この間に普段よりも多い二十組が出演するわけだから、楽屋で働く前座たちはてんやわんやだ。

「『……い、嫌です。お花さん、近寄らないで！　お願いですから』」

高座では『宮戸川』がいよいよ大詰め。叔父の久太に無理やり二階へ上げられた二人だが、意外なことに、お花の方から熱い思いを打ち明ける。

ウブな半七は尻込みするが、そのうちに、にわかの夕立と雷の音。

「『あれえ、半ちゃん、あたし、雷、怖い』」

『べ、別にあたしが鳴らしてるわけじゃありません』

『そんな邪険《じゃけん》なこと言わないで……何とか、止めて！』

『止まりませんたら』

そのうちに、白くピカッと光ったかと思うと、すぐ近くにドシーン！　落雷です」

ここから、登場人物を離れ、演者自身の語りとなる。

「『あれえ！』と叫んで、お花は半七にすがりつく。着物の裾が乱れ、緋縮緬《ひぢりめん》の長襦袢《ながじゅばん》がさっと割れる。

受け止めた半七の鼻に髪油のにおいと白粉《おしろい》の香りが入り、たまらず半七の汗ばんだ手がお花の柔肌《やわはだ》を……あのう、申し訳ありません」

緊迫した口調の地語《じがた》りが急に止まる。

「この先を喋ると、正月早々、神楽坂の警察署に呼び出されちまいます」

突然の肩透かしに、客席がどっと沸いたところで、

「お花・半七のなれ初《そ》めの一席でございました。お時間でございます」

盛大な拍手の音。太鼓が鳴り、「ありがとーうございます」という前座の声とともに緞《どん》帳《ちょう》が下り、初席の第一部が終演《ハネ》た。

5

「師匠、お疲れ様です」

「お疲れ様です！」

前座たちの声とともに、東橋師匠が楽屋へ戻ってくる。黒羽二重《くろはぶたえ》の着物に茶献上《ちゃけんじょう》の帯、仙台平《せんだいひら》の袴《はかま》。三が日の間は、すべての落語家が正装で高座に上がるのが慣例だった。

東橋師匠は五十七歳。すらりとした長身で色白、大きな二重の眼と高い鼻。歌舞伎役者の方が似合っていそうな風貌だ。もちろん女性にも人気が高く、十二歳年下の妻、てっ橋から見ればおかみさんも、以前は柳橋《やなぎばし》一とうたわれた売れっ子芸者だった。

浅草亭東橋の『東橋』は、隅田川に架かる吾妻橋《あづまばし》のことで、江戸時代から続く由緒ある名跡《みょうせき》だが、その五代目をわずか三十歳で継いでいる。噺のうまさといなせな高座姿に憧れ、てっ橋は自分の入門先として選んだのだ。

「いやあ、師匠、お疲れ様です。実に結構な『宮戸川』でした」

寅市若旦那も、先ほどとは打って変わって恵比須顔《えびすがお》だ。

「一休みして、お茶……いや、酒で喉《のど》を湿していただいた方がよろしいでしょうかね」

初席や真打ち披露など特別な興行に限り、楽屋にアルコール類の用意がされている。

「いや、そうゆっくりもしていられねえんだ。定席《じょうせき》のほかに、今日は義理でもう一カ所、仕事を引き受けちまってね。よんどころなく、神田と上野に頼んで出番を融通してもらったが、おかげで回り順がめちゃくちゃさ。下手すると、足代の方がワリより高くつきそうだよ」

人気者の東橋師匠は都内の初席すべてを歩くので、その間に別の仕事が入れば大騒動だ。てっ橋などには計り知れない苦しみである。

「そうですか。それでも師匠は漏れなく回ってくださるんだから、ありがたいですよ。ダンマリで抜かれたりした日にゃ、迷惑しますから」

てっ橋は思わず顔をしかめた。まだこだわっているらしい。

東橋師匠は楽屋口で雪駄《せった》に履き替えて廊下に出たが、ふと振り返り、てっ橋を手招きする。大急ぎで、そばまで行くと、

「腐るなよ。寅市だって、本気でお前に腹を立てているわけじゃねえ。近頃はヨビのくせに横着《おうちゃく》してる手合いが多いからな」

「あ……ああ、なるほど。そういうことでしたか」

確かに、穴が開くことがまれなため、喫茶店やパチンコ屋でサボるのはあたり前で、中にはワリだけもらって姿を消す強者《つわもの》もいた。若旦那はてっ橋に冷たい態度を取ることで、二つ目連中へ警告を発しているつもりらしい。

「ただし、文六への怒りは本物らしい。あいつには、落ち着いたら、俺から話を……」

言葉がとぎれたのは、話題の主《ぬし》である文六師匠が楽屋前の廊下へ姿を現したからだ。百八十センチを超える長身。痩せぎすで、尖《とが》った顎《あご》が神経質な印象だった。服装はほかの者と同様、黒紋付。

「おっ。これは師匠、お疲れ様でございます」

東橋師匠に対しては丁重だが、てっ橋が挨拶しても返事もしない。迷惑を被《こうむ》った直後だけに、怒りを抑えるのに苦労した。

「じゃあ、てっ橋、またうちに寄れよ。明日の朝、上方《かみがた》へ発《た》つが、一泊で戻ってくるから」

「へい。承知いたしました」

明日師匠は大阪へ行き、古くからつき合いのある落語家の襲名披露興行の口上に並ぶ。したがって、明日の第一部は代バネ、つまり代わりの者にトリを取ってもらうことになっていた。

文六師匠は若旦那には挨拶せず、手前の楽屋の壁際に座って、煙草《たばこ》を吸い始める。ふて腐れているのには理由があった。本来、第二部で文六師匠の出番は七本めだったのだが、若旦那の意向で二本めに変更された。先日の中席で起こした不祥事の罰のつもりだろうが、文六師匠は『何をこの若造が』と思ったはずだ。

客の入れ替えが済み次第、すぐに太鼓番の前座が一番太鼓《イチバン》を叩く。第一部をハネる時刻が予定よりかなり遅れていた。

二番太鼓《ニバン》に続いて、『前座の上がり』のお囃子が鳴り、前座が『味噌豆』を喋り出す。せいぜい五分ほどで終わる噺だ。

（のんびりしちゃいられねえな。俺も短い噺……『あなごでからぬけ』でも演るか）

立ち上がって帯を締め直し、扇子と手ぬぐい、仲間内の符牒で、『カゼ』と『マンダラ』を手にした時、

「ええ、あの、兄《あに》さん」

すぐそばに、立前座のごん吉の困った顔があった。

「あのう、まことに恐縮なんでございますが……時間が延びておりますので、クイにしていただけませんか」

漢字で書けば『食い』。高座には上がらず、ワリだけもらうことだ。

「何だって？　そりゃ、別にかまわねえけど……いいのかよ、そんなことして」

「あたくしも、ちょっとどうかなとは思うのですが、若旦那からのご指示ですので」

サラクチのてっ橋がクイになれば、前座の次に真打ちが高座に上がることになる。定席では普通考えられないことだ。

（若旦那は文六師匠に喧嘩を売るつもりなのか。こりゃあ、とんでもないことに巻き込まれちまったぞ）

（いくら時間がノビてるからって、定席で前座の次に真打ちを上げるなんて……売れてねえのは確かだが、俺が赤ん坊の頃から噺家やってるんだぜ）

6

どの芝居でも必ず二つ目が一人呼ばれるのは、前座の次に真打ちを上げては失礼にあたるからだ。室内を見渡すと、若旦那はいつの間にか姿を消していた。

「あ、あの、兄さん、もうすぐ『味噌豆』がキレます」

ごん吉に指摘され、モニターに注目する。正月らしく、下手には大きな鏡餅。画面には高座と、その手前の客席が二列映っていた。

「『……煮豆をつまみ食いしてるところを、旦那に見つかったら大変だ。家の中で、どっか安心して食えるところはねえかなあ』」

小僧の定吉《さだきち》の台詞《せりふ》。確かに、もう終わりが近い。

「そりゃ、俺はいいけど、文六師匠が承知すめえ。プライドだけは大看板並なんだぜ」

てっ橋が小声で言った。師匠は眉間にしわを寄せ、静かに煙を吐いている。

「ですから、もしご承知いただけなければ、たとえ若旦那の指示でも無視するつもりでおります」

「お……おう、そうかい。そうだよな」

これはごん吉の言い分が正しい。番組の進行は立前座に一任されているので、たとえ席亭であろうと、無理は押し通せない。まだ前座なのに、腹が据わったやつだと感心した。

ごん吉が文六師匠のところへ行き、小声で何やらつぶやくと、さすがに顔色が変わった。眼つきが険しくなったので、『ふざけるな！　俺は真打ちだぞ』と叫ぶかと思ったのだが、次の瞬間、すっと立ち上がり、口の端に微笑を浮かべる。

「ああ、いいよ。じゃあ、正月の小噺を二つ三つ喋って、下りることにしよう」

言い置いて、高座の袖へと向かう。

「あ、ありがとうございます！」

深々と頭を下げたごん吉は、師匠を見送った直後、狐《きつね》につままれたような顔をした。普段とは違い、拍子抜けするほど素直だったからだ。

「『……はばかりなら、ゆっくり食えるぞ。よおし。はばかり、はばかり……』

てんで、便所の戸を開けたとたん、

『あっ！　旦那』

『お前は定吉……何しに来たんだ？』

『え、ええと、あの、旦那、お代わりの豆を持ってまいりました』」

文六師匠の出囃子である『きぬた』が鳴り出す。てっ橋はモニターの前に座り込んだ。

師匠はいつも通り、座布団の前の床に扇子を寝かせると、丁寧にお辞儀をして、

「あけまして、おめでとうございます。どうか本年もよろしくお願い申し上げます」

愛嬌たっぷりの表情は、楽屋とはまるで別人だった。

「以前は『十年一昔《ひとむかし》』と申しましたが、近頃は世の中の移り変わりが激しくなって、新しいものが次々に出てまいります」

そう言いながら、羽織を脱いで軽く畳み、自分が座っている右脇に置く。

「去年はまた、インベーダーゲームなんてものが大流行《おおはや》りになって……あれ、どこがおもしろいんでしょうな。近目《ちかめ》のノミ取りみてえにテーブルに顔を押っつけて、ピコピコピコピコ。私なぞは、世間の流れにとてもついていけません」

高座ぶりは普段と変わらない。脇を見ると、立前座のごん吉がやや腰を屈め、じっとモニターに見入っていた。

「おい、ごんちゃん。一つ教《おせ》えとくれよ」

「あ、はい。何でございましょう?」

「寅市の旦那、どうしてあそこまで意固地《いこじ》になっちまったんだい」

「私もよくは存じませんが……この間、ダンマリで抜いたあと、若旦那が理由を尋ねたんです。若旦那の方はほかの実入りのいい仕事が入ったんだろうと睨んでますから、『定席を軽《かろ》んじてもらっては困る』と叱りますよね。それに対して、文六師匠も謝るには謝るん

ですが、『ほかに稼ぎに行ってたわけじゃない。よんどころない事情があったんです』と弁解する。でも、若旦那が『じゃあ、その事情は？』ときくと、返事をしないんですよ」

「ほほう。なるほどな」

「最後は師匠の方が完全に開き直っちゃって、『そんなに偉そうに言われても、寄席のワリで飯が食えてる噺家なんぞ、一人もおりませんから』って」

「ええっ？　それを言っちゃお終《しめ》えだぜ。若旦那がへそを曲げるのも無理ねえや。だけど、仕事でないとすると、なぜダンマリで抜いたりしたんだろう？」

「まあ、そんな世の中になりましても、お正月の風情というものは変わりませんようで……」

　と、高座では文六師匠。

「『おい、おっかぁ。ちょいと羽織出しとくれ。羽織だよ』

『うるさいねえ、この人は。羽織を着るのはいいけど、どこへ行くんだい？』

『どこへ行こうが、俺の勝手だろう』」

（お、おい！　話が違うぞ。これ……『初天神』じゃねえか）

7

「『お前さん、新しい羽織をこしらえたのはいいけど、それを着て、ふらふら出歩いてばかりいたんじゃ、しょうがないじゃないか』

『いいから、出してくれよ。天神様におまいりに行くんだから。今日は初天神だろう』

『あら、そうだったね。わかったよ。その代わり、金坊《きんぼう》を連れてってとくれ』」

『天神様』はもちろん菅原道真《すがわらのみちざね》公をまつる神社だが、その年の最初の縁日である一月二十五日を『初天神』と呼び、多くの参詣客で賑わう。『初天神』は『御慶《ぎょけい》』『一目上《ひとめあ》がり』『かつぎ屋』『羽団扇《はうちわ》』などとともに、代表的な正月用の演目とされていた。

「『家《うち》にあの子がいると、悪さばかりして、しょうがないんだよ。だから、一緒に連れてってとくれ』

『金坊を？　だめだ、だめだ』

『どうしてさ』

『あいつを連れてくと、何だかんだうるさくって、じゃまでしょうがねえんだから』」

（小噺を演《や》ると言ってたのに……若旦那への面《つら》あてのつもりかな？）

神楽坂倶楽部の普段の持ち時間は一人十五分、初席は六分と決まっていたが、誰もがこれを守るとは限らない。典型的な例として、若手がトリを取ると、中入り後に出番のある先輩がわざと大《おお》ネタをかけ、嫌がらせをすることがよくあった。

（妙に素直だから変だとは思ったんだが……待てよ。途中、早めに切るつもりなのかも）

『初天神』は『道具屋』と同様、伸縮自在の便利な噺だ。主な登場人物は職人の熊五郎《くまごろう》と女房、息子の金坊。自慢の羽織を引っかけ、天神様におまいりに行こうとする熊五郎に、女房が息子も連れていくよう頼む。ところが、この金坊が悪ガキで、天神の境内に並ぶ露店で『あれを買え、これを買え』とせがんでは父親を困らせる……内容は実に他愛ない。

熊さんが買わされる品は飴《あめ》、団子、凧《たこ》が一般的だが、団子を抜くこともあるし、時間がない時には飴玉だけでサゲをつけてしまう場合もあった。

「『いいから、羽織を出せってんだよ。俺独りで行くんだから』」

熊五郎として台詞を言った文六師匠は脇に置いていた羽織を再び手に取ると、女房からそれを受け取ったという思い入れで袖を通し、紐《ひも》を結び始める。

「『ぐずぐずしてると、あいつが帰って……ああ、来やがった。厄介《やっかい》なことになったなあ』

『ただいま！　あれえ、お父《とっ》つぁん。羽織なんか着てる』

『見つかっちまったか。何でもねえよ。お前は表へ行って、遊んできな』

『どっかに出かけるんだろう。連れてっとくれよ。ねえ、お父つぁん、お願いだからさあ』」

どこで切るつもりだろうと、モニター画面に見入っている時、誰かに右の肩を叩かれた。見ると、すぐ脇に花山亭喜仙《かざんていきせん》師匠が立っていた。年は七十二、三。地味な芸風ではあるが、若い頃、上方で修業したため、珍しい噺を多くもっている。芸歴は古いが、気さくで後輩にも偉ぶらないので、てっ橋は好意を抱いていた。

「師匠、明けまして、おめでとうございます。本年もどうかよろしくお願い申し上げます」

「うん。こちらこそ、よろしく。あの、悪いんだけど……また代書屋を頼めねえかな」

ばつが悪そうに、祝儀袋を差し出す。表には達筆な字で『御礼　尾沢』。そして、もう一枚、新品の袋が添えられていた。

「ああ、わかりました。お安いご用です」

要するに、女房に渡す前に、ご祝儀の中からいくらかカスりたいから、金額の改竄《かいざん》を手伝えという依頼なのだ。『カスる』は『盗む』の意味の符牒。ちなみに、てっ橋は小学校時代、書道塾に通っていて、初段の腕前だった。ちなみに、『代書屋』は落語の演目で、字を知らない男が就職のための履歴書を代筆してもらう際の珍問答が爆笑を誘う。

「悪いねえ。何しろ、うちのカミさんは仕事柄、金に細かくって」

喜仙師匠の奥様は一回り以上も年下で、現役の銀行員だ。

「毎日の仕事にいちいちチェックが入るから、よほどうまく立ち回らないと、飲み代にも事欠いちまうよ」

「承知いたしました。おい、ごん吉。悪いけど、硯《すずり》と筆を貸してくれ」

モニターの中では、熊五郎が渋々金坊と家を出た。体を前後に揺すり、登場人物が歩いていることを表現する。

「『ちぇ！　お前なんか連れてきたくなかったんだ。しょうがねえ。駄々こねやがったら、帯をつかんで大川《おおかわ》へ放っぽり込むからな。川ん中には怖い河童《かっぱ》がいるんだぞ』

『この間、先生が言ってたよ。河童は想像上の生き物だって』

『可愛げのねえガキだな、まったく』」

袋の裏には『伍萬円』の文字。額が大きいから、単なるご祝儀ではなく、落語会か何かの報酬だろう。新たな袋ではそれを『参萬円』とし、表書きもできる限り筆跡を似せて、二つの袋を返す。

喜仙師匠が本物の方の袋を開けると、手の切れそうな一万円の新札が姿を現した。

「ご丁寧なこった。こんなとこに気を遣うくらいなら、額を上積みしてくれりゃいいのに」

お札を取り出し、聖徳太子《しょうとくたいし》の顔が五人並ぶように広げてから二枚抜いて、残りの三枚を偽の祝儀袋に収めた。

「ありがとうよ。今度、一杯《いっぺえ》おごるからな」

喜仙師匠の出番は第二部の中入り前。まだ時間があるので、いったん楽屋から出ていく。

（……そうだ。『初天神』はどうなったんだろう？）

「『ねえ、お父つぁん、何か買っとくれよ』

『この野郎、それを言わねえって約束だろう。だめだよ』

『ちょっとくらいはいいじゃねえか』」

文六師匠のこの噺は何度も聞いていた。飴屋、団子屋、凧屋の順に回る最も一般的な形《かた》だったが、まだそこまで行っていないらしい。

（持ち時間はそろそろ終わりのはず。一体、どこで切るつもりなんだろう？）

「『あっ、あそこに大福売ってる！　ねえ、お父つぁん、買ってよ』

『だめだめ。大福は毒だ』」

てっ橋は首を傾げた。ここは普通、金坊が『飴一個くらい、いいじゃねえか！』と泣き出し、仕方なく、熊五郎が飴屋に入る。大福を売る店など登場しない。

「『大福は毒だなんて初めて聞いた。じゃあ、ミカン買ってよ』

『ミカンなんて、もっと毒だよ』

『じゃあ、バナナは？』

『バナナ？　一房《ひとふさ》が八十銭……これが一番毒だ』

『お父つぁんは、金が惜しいから〈毒だ、毒だ〉と言ってるんじゃねえか。ねえ、買ってよ、買って！　買ってってたらあ』

『うるせえなあ。だから、連れてきたくなかったんだ』」

と、そこで、いきなり異変が起きた。

「ふざけないで！　どういうつもりなの⁉」

女性の大声が響き渡り、最前列の客が二人、驚いて後ろを振り向いた。

声の主はモニター画面の枠の外でわめいている。固定カメラだから、その姿を追うことはできなかった。

意外な成り行きに、高座の上の文六師匠が呆然となり、黙り込む。てっ橋は、中年と思われるその女性が連れの男性と言い争いでも始めたのだと考えた。しかし、次の瞬間、解読不能な叫び声とともに、何か丸い物体が立て続けに高座に向かって投げつけられた。

二個、三個、四個、五個。どうやら、ミカンらしい。その軌道から推《お》して、問題の女性は客席の真ん中よりも少し右寄り、前から六、七列めくらいにいるようだ。

五個のうち、三個は高座まで届いたものの、残りの二個は最前列にいた二人の客の後頭部を直撃した。場内は大混乱に陥り、前の方にいた客の多くが座席から立ち上がって、後ろを向く。そのせいで、高座が完全に隠れてしまった。

「お、お客様方、落ち着いてくださいまし」

姿が消えた文六師匠の声だけが聞こえる。

「大丈夫ですから。何でもございません。どうかお座りください。あの、お客様方……」

異常事態の発生を受け、前座二人が大あわての様子で廊下を駆けていった。

8

「……そいつは面白《おもし》れえ。人気歌手のステージにテープが投げ込まれるのは何度も見たが、高座へミカンてえのは初耳だ」

事の顚末《てんまつ》を聞いた馬八《うまはち》師匠が、大きな眼をさらに見開きながら言った。手にはチューハイのグラスを持っている。

「面白がってちゃ困りますよ、兄さん。そのあと、大変だったんですから」

カウンターの隣りの席で、てっ橋がため息をつく。

「ミカンがちゃんと全部アヽブヽラヽサヽシヽに命中すりゃよかったんですが、最前列のお客の頭に二個もあたっちまいましたからね。若旦那が激怒してましたよ。『うちの寄席始まって以来の不祥事だ』って」

『アブラサシ』は『灯台守《とうだいもり》の油差し』の略で、文六師匠のあだ名。やたらと背の高い人物への悪口として、落語によく登場する。

「まあ、不祥事なのは確かだな。木戸銭払ったお客なんだから、けがさえなけりゃいいってもんじゃねえ。ただ、そのう……」

馬八兄さんは太い眉をぐいと寄せ、レモンの輪切りの浮いたチューハイをすすり、

「その程度じゃあ、警察に届は出さねえだろうな。新聞沙汰になれば、世間がうるせえもの」

同じ日。時刻はすでに午後十一時半を過ぎている。

二人がいる場所は台東区浅草三丁目。浅草寺《せんそうじ》の裏手へ出て、言問通りを渡った先の一帯は『観音裏《かんのんうら》』と呼ばれ、芸者置屋《おきや》や花柳界の事務所である見番《けんばん》、料亭などが並ぶ粋《いき》な土地柄だが、そういう世界とはおよそ無縁な路地の奥の居酒屋に二人はいた。

今晩、てっ橋を誘ってくれたのは山桜亭《さんおうてい》馬八師匠。五代目山桜亭馬春師匠の弟子だが、三年前、高齢の師匠が亡くなってしまった。

年は三十七歳。真打ち昇進を果たしたのは七年前だが、若い時から古典の本格派として将来を嘱望《しょくぼう》され、惣領弟子でもあるため、近い将来、六代目馬春を継ぐのは間違いない。

てっ橋はなぜかこの先輩に気に入られ、独演会の前方《まえかた》に使ってもらったり、地方の仕事を紹介してもらったりと、本当にお世話になっていた。

深川《ふかがわ》生まれの深川育ち。えらの張った輪郭に大きな眼、太い眉。左頬に大きなほくろがあった。

カウンターが七席、四人掛けのテーブルが二つだけのこの店はモツの串焼きが名物で、

年配の夫婦が切り盛りしているが、二人とも『大』の字のつく働き者。ほかの店とは違い、元日から暖簾を掛けたため、店は飲兵衛《のんべえ》で満員の盛況だった。

今夜、てっ橋がこの店へ呼び出された理由は、神楽坂倶楽部で起きた例の一件について、顚末を説明するためだ。兄さんのアパートはこのすぐ近所だし、業平からでも二キロ足らず。別に用事がなくても、週に一度はここで飲んでいた。

「まあ、話を聞いて、出来事そのものについてはわかったが」

馬八兄さんがレバーの塩焼きをかじる。

「そのあと、どうなったんだい？　ミカンを投げつけたタレは、すぐに逃げたんだろう」

『タレ』とは『女性』の意味。ただし、『女性の性器』という意味もあるため、素人さんの前では使えない符牒だ。

「だとしても、木戸には表方《おもてかた》がいたはずだろう。様子が変だと思わなかったのかな」

「いやあ、それがですねえ」

てっ橋も砂肝を口へ運ぶ。『表方』は寄席の表で客の案内などをする男性従業員のことだ。

「どうやら、木戸を通らないで、姿を消したみたいなんです」

「えっ？　どういう意味だ、それは」

「だから、裏口から出ていったらしいんですよ。神楽坂の場合、裏が隣りん家《ち》の庭とつながってるでしょう」

「ははあ、なるほど。確かに抜け裏になってるが、よくそんなことまで知ってたもんだなあ」

神楽坂倶楽部の場合、木戸口から入ったところがホールで、正面に客席へのドアが二つ、左右に通路がある。そのうち、左へ行けばトイレ。右手へ行き、途中で左に入れば楽屋だが、そのまま真っすぐ進むと、アルミのドアがあって、裏庭に出る。

さらにその先は隣家の庭だが、境に塀はないため、うまくいけば誰にも見つからず、通りへ出られる。普段このドアは内側から施錠されているが、確認したところ、ロックが解除されていたそうだ。

当時、玄関ホールは無人だったことがわかっているので、問題の女性客はそこから通路を駆け、裏口から逃亡したと考えられる。

「間違いなく、一度は楽屋に来ているな。でなけりゃ、裏口なんぞ知るはずがねえ。で、問題のタレの顔を見た従業員はいねえのか」

「はい。残念ながら、誰も」

「たとえそうでも、客は見てただろう。満員だったわけだし」

「もちろん見た人はいると思いますが、警察が来たわけじゃないので、目撃者探しまではしていません。頭にミカンがあたった客も苦笑いして、苦情も言わずに帰ったそうです」

「まあ、寄席側として穏便に済ませたい気持ちはわかるが、後々面倒を引き寄せないためにもきちんと対応すべきだったな。すると、従業員も客もだめ……お前だって、声を聞いただけだよな」

「ええ。低めの声で、中年女かなとは思いましたが、自信はありません。それと、ミカンをぶつけられたお客の一人が、顔は見ていないものの、服装について教えてくれました。グレーのコートを着て、髪は長く、大きなマスクで口元を覆っていたそうです」

「それだけじゃあ、大して役には立たねえな。アブラサシは何と言ってる？　高座の上からなら一目瞭然のはず。やつの知り合いだったのか」

「だろうと思うんですが、若旦那に詰問されても答えないんですよ。『ちょいとワケ、ワケアリでして』と笑うばかりで」

「ワケアリだぁ？　ふふふふ。おつなことを言いやがるなあ」

馬八兄さんは串焼きの塩気をチューハイで流す。

「アブラサシの旦那、あれで相当な女好きらしいぜ。女房も、たしか今ので三人めだろう。俺なんか一人でももて余してるってのに……おい、マスター、チューハイのお代わりだ」

9

漢字で書けばもちろん『訳有り』だが、落語家同士の会話にはこの表現が頻繁に登場する。

『どうしたんだい、この間の一件は？』『昨夜、一緒だった女は誰なんだ』『しばらく顔を見せなかったが、何かあったのかい』。これらの質問の答えがすべて、『ちょいとワケアリでね』で済んでしまい、よほどの事情がない限り、深く追及されることはない。

同様に『お前、カミさんと別れたんだってな』ときかれた時の返事も、最も多いのが『ちょいとワケアリ』。別に統計を取ったわけではないが、他の業界と比べ、離婚率が高いのは確かで、そうなる原因の多くが三道楽煩悩《さんどらぼんのう》。つまり酒と博打《ばくち》と女で、特に最後の一つについては『芸の肥やし』といわれ、過去に名人・上手とうたわれた落語家の中で女房一筋だった人を探す方が難しいくらいだ。

「アブラサシの師匠も女が好きで、陰では結構遊んでるみてえだぜ。まあ、あの人は酒も博打も嫌いじゃねえけどな」

新たな一杯に口をつけてから、馬八兄さんが言った。

「ははあ。すると、生来の女好きが女房をもらっても続かない原因ですかね」

「そこはどうだかな。俺も詳しいことまでは知らねえが、最初《はな》の女と一緒になったのは二つ目昇進のすぐあとだから、二十五、六の時。相手は二つ年上で、保険会社の事務員。こつこつ貯め込んだ金に目がくらみ……そうのたまったのはご本人だぜ。たまたま二人で地方へ仕事に行き、飲んだ時に聞いた。俺はその女に会ったこともねえけどな」

文六師匠が文勝師匠のもとへ入門したのは二十一歳の時だが、そこから真打ち昇進まで、平均して十二、三年かかるというのは今も昔も変わらない。

「飯が食えねえ融通に女房をもらうなんざ、噺家にはよくある話で、俺も似たようなもんさ」

「いえいえ、ご冗談を。おたくは相思相愛の恋女房じゃありませんか」

馬八兄さんの奥様は由喜枝《ゆきえ》さんといって、浅草でも有名な足袋《たび》の老舗《しにせ》である桔梗屋《ききょうや》のお嬢様。親の反対を受け、駆け落ち同然で結ばれたと聞いている。

「所帯をもち、四年後に女の子が生まれたが、亭主はろくな稼ぎもねえくせに、三道楽を全部たしなむってんだから、家計は火の車だ。当時は酒を飲んじゃあ、家で暴れてたらしいぜ」

「あれ？　あの人って、酒乱でしたっけ」

「まあ、相手にもよるんだろうな。女房が気弱だと、強く出るらしい。そもそも、異様にプライドが高くて……ほら、文六さんてのは柳朝《りゅうちょう》師匠と入門が同期なんだ」

五代目春風亭《しゅんぷうてい》柳朝師匠は江戸前の威勢のいい芸をもつ人気落語家の一人だ。

「アブラサシの旦那はきっと、『自分の芸だって、決して引けを取らねえ』と思い込んでるはずだが、いつの間にか大きく水をあけられちまった。鬱憤《うっぷん》晴《ば》らしの道具にされながら、しばらくは女房も辛抱してたんだが、子供が生まれた翌年に会社も辞め、自分だけサインした離婚届を置いて逃げちまった。それ以来ずっと、行方知れずらしい」

「ははあ。そうだったのですか」

「たぶん、子供ができれば少しは変わるだろうと期待してたのに、何も変わらねえんで愛想が尽きたんだろうな。二番めの女房は真打ち昇進の翌年……三十六だな。これは、俺も会ったことがあるよ。酔って転んで足の骨を折り、入院した病院で同い年の看護婦をつかまえたんだ」

「へえ。うまくやりましたねえ、それは。どこで転んだのか教えてもらいてえなあ」

同じ場所で転んでみたところで、女に巡り合えるはずなどないのだが、手に職のある女房は売れない噺家にとって宝石以上の価値があった。

「ただし、向こうも再婚だぜ。名前がカズコさんてんだがな」

字を尋ねると、『一子《かずこ》』。ついでにきくと、最初の奥様の名前は志波子《しわこ》さんだそうだ。

「離婚歴がある上に子連れ……四つの男の子だったが、ほら、仕事柄、夜勤があるだろう。暇な亭主に面倒を見てもらえて好都合だったんだろうな。文六さんが手を引いて歩くのに、何度か出くわしたことがあるよ。二年で、若い女をこしらえ、別れちまったがな。ええと、今から十二年前のことだ」

「えっ、十二年前？　すると、ひょっとして、その『若い女』ってのが、現在のおかみさんですか」

「ああ。会ったことがあるのかい？」

「去年、うちの身内になる時、夫婦揃って挨拶に来ましたから。へえ、なるほどねえ」

そこから先はてっ橋の耳にも入ってきていた。現在の妻が雅代《まさよ》さん。文六師匠の本名が泉田悟郎《いずみだごろう》だから、泉田雅代さんといって、師匠より五、六歳年下だ。実家が中野《なかの》の洋品店で、現在も昼間はそこで働いている。長年、客商売を続けてきただけに、多少気は強そうだが、しっかり者。夫婦の間に子供はいない。

「ここで振り出しに戻るが……ミカン女の行動の目的は何だったんだろうな？」

「楽屋にいた連中はみんな、『どうせまた痴話喧嘩だろう』とわらってましたけどね」

「痴話喧嘩？　早い話、ミカン女はアブラサシのレコだったたってわけだな」

馬八兄さんが右手の人差し指を立ててみせる。『レコ』も『女』を意味する符牒だが、たいていは小指を立てて言う。『コレ』の逆さまで『レコ』らしい。

「それが金の件か何かでこじれて、寄席へ押しかけてきたって見立てか」

「はい。あたくしは全然知りませんでしたが、何年か前にも楽屋にタレが怒鳴り込んできたことがあると聞きました」

「へえ。その話は知らなかったが……ずいぶんご盛んなもんだなあ。芸はそこそこだが、女にかけちゃ、柳朝師匠よりも格が上だぜ。あははは！」

馬八兄さんが笑い、マスターに日本酒の冷やを注文する。この兄さん、とにかく酒が滅法強かった。

「ところで、お前、このところ、稲荷町へ足が向かねえそうじゃねえか」

「え……ええ、まあ。二月《ふたつき》くらい、伺っていませんかね」

大看板の一人である正蔵師匠だが、そういう地位になっても清貧を旨とし、戦前からある家賃一万円ほどの長屋に住み続けている。

三年前、馬春師匠が八十歳で亡くなって以降、兄さんはどこの一門にも属していないが、生前、馬春師匠と正蔵師匠が親しかったこともあり、稲荷町へは足しげく通っている。

新たな噺の稽古をつけてもらう時にはよくてっ橋を誘ってくれ、そのおかげで、てっ橋も稲荷町に顔出しするようになったのだが、確かにここしばらくは足が遠のいていた。

「何か、しくじりでもあったのかい」

『しくじり』は『失敗』。この場合は機嫌を損じることだ。

「いえ、何も。ただ、会うと必ず『稽古をしろよ』と叱られるもんで……」

「すればいいじゃねえか。昨日俺が行ったら、お前が来ねえって気にしてらしたぜ」

「わかりました。近々、伺います」

稲荷町の師匠の気性は頑固一徹。若い頃につけられた『トンガリ』というあだ名が示す通り、些細《ささい》なことで怒り出す時があるが、決して尾を引かないし、懐《ふところ》へ飛び込んでしまえば無類にやさしかった。ちなみに、このニックネームのアクセントは『トンガリ』ではなく、『トンガリ』である。

「あっ、思い出した。アブラサシといえば、稲荷町が文六師匠に禽語楼《きんごろう》小さんの全集の第一巻を貸したんだそうだ。俺が借りるつもりだったのに、先を越されちまったぜ」

『禽語楼小さん』と呼ばれているのは二代目の柳家で、稲荷町から見ると、師匠の師匠、つまり大師匠《おおししょう》にあたる。その口演を速記し、まとめた全集は現在入手困難だ。

「へえ。でも、どういうつもりで、そんな本を借りたんでしょうね。普段寄席で演る噺なんて、片手の指でも余るくらいなのに」

てっ橋が文六師匠で聞いたのは『道具屋』『寄合酒』『子ほめ』『牛ほめ』『花色木綿』……あとは季節ネタで、『初天神』『長屋の花見』『青菜』『目黒《めぐろ》のさんま』。まあ、『片手』は嘘だが、やはり少ない。小噺でごまかし、下りてしまうことも多かった。

「どういうつもりって、そりゃ、覚えようてんだろう。芸人は死ぬまで勉強だ。お前も見習わなくちゃいけねえ」

「ええ、はい。おっしゃる通りです」

いきなり釘を刺され、てっ橋はおもわず首をすくめた。

「ところで、ちょいと小耳に挟んだんだが」

清酒を満たした木の枡《ます》が届いたところで、馬八兄さんが話題を転じた。

「お前、高座の穴埋めに『道具屋』を演って、神楽坂の若旦那をしくじったんだって」

「うわっ……もう、お耳に入ってましたか」

「体の調子でも悪かったのかい。あんな口慣れた噺で」

「いや、それが大して口慣れてもいなかったんですよ。おあとが来るまでつなぐため、普段は演らねえ『毛抜き』のところを始めたら、しどろもどろになっちまって」

「ふうん。毛抜きを、なあ」

枡の隅から一口すすった馬八兄さんが考えに沈む。その理由がわからず、てっ橋は困惑した。

問題の件《くだり》は、店先にあった毛抜きに目を留めた男の客がひげを抜きながら、与太郎の身の上を『生まれは？』から『親父の墓はどこだ？』まで延々尋ねる。これを二度くり返したため、与太郎が全部覚えてしまって先に言うと、その客は笑い、何も買わずに行ってしまう。

「……おい。もしかすると、俺たちは勘違いしてたのかもしれねえぞ」

「はい？　あの、それ、どういう意味でしょう」

馬八兄さんは大変な読書家で、博識ぶりは業界内でも有名だ。一体何が飛び出すのかと、てっ橋は緊張した。

「お前、その時の『初天神』を聞いてたんだろう。普段と違ったとこはなかったか」

「いいえ、違うところなんて、別に……あっ、ちょいと待ってくださいよ」

記憶が、突然脳裏に蘇《よみがえ》ってきた。

「そう言われれば、餅屋が出てきました。珍しいなと思ったんです」

「餅屋、だって？」

「あたくしは初めて伺いましたが、金坊が大福餅をねだるんです。『あっ、あそこに大福売ってる。お父つぁん、買ってよ』『だめだめ。大福は毒だ』。それから……」

問題となる部分を聞き覚えで再現すると、馬八兄さんはうなり出した。

「あのう、兄さん。以前から、ああいう形《かた》があったんですかね？」

「なかったわけじゃねえが、珍しいな。それに、あの人の『初天神』は文勝師匠譲りだが、大福もバナナも出てこねえはずだ」

「じゃあ、あの時だけ急に……でも、それって、妙ですよね。あたくしは時間が余りそうなんで、苦し紛《くるまぎ》れに慣れない件を入れましたけど、文六師匠の場合は削るんならともかく、なぜわざわざそんなことを……？」

「おい、てっ橋。こりゃあ、ひょっとすると……」

馬八兄さんが言いかけた時だった。店の電話が鳴り、おかみさんが出たが、ほんのわずかの会話で、受話器を耳から外し、掌で覆う。

「あのさ、東橋師匠からなんだけど」

「うちの師匠から？　俺がここにいるとよくわかったな。こんな時刻に、何だろう」

電話を受け取りながら、ちらりと見ると、時計の針はすでに午前零時を回っていた。

「……あ、はい。師匠ですか」

『お、おい。てっ橋か？　よかった。やっと見つけたぜ』

普段とは別人のように取り乱した師匠の声。

「あの、どうかしたんですか？」

『どうもこうもあるもんか。文六が襲われて、救急車で病院へ運ばれたんだ』

「ええっ？　アブラサ……いえ、あの、文六師匠が襲われた？」

思わず脇を向くと、兄さんも大きく眼を見開いていた。

『まったく、めでてえ新春《はる》から、何てこったい。小東橋は旅の仕事で留守だし、俺は明日の朝一番の新幹線で大阪《おおざか》だ。東かちに聞いて、やっとお前の居所《いどこ》がわかったんだ。

家の近くで誰かに待ち伏せされ、頭を殴られたんだそうだが、詳しいことはわからねえ。とにかく女房が驚いて、正気を失いかけてるから、とりあえず、お前、病院に行ってみてくれ。頼むよ！』

10

「あっ、お疲れさまです！　いやあ、電話が通じて、ほっとしましたよ」

狭いボックスの中で、てっ橋は自分の師匠に頭を下げた。

「場所が大阪じゃ、演芸場の楽屋かホテルくらいしか、かける先がありませんからね。今朝、おかみさんに伝言を……ああ、お聞きになりましたか。いえね、ついさっきまで飯田橋の病院にいたんですが、容体は変わりません。硬膜外血腫《こうまくがいけっしゅ》とかいって、頭蓋骨の内部で出血が起きて、脳が圧迫され、潰されちまうんだそうです。手術は成功しましたが、命が助かるかどうかは今後の経過次第だと先生がおっしゃっていました。

今いるのは赤城《あかぎ》神社の手前にある公衆電話で、これから坂を上って、文六師匠のお宅へ向かいます。午後一時から刑事さんが自宅を調べるので、ぜひ同席してほしいと、おかみさんに頼まれちゃったんですよ。えっ？　犯人ですか。それがまだ皆目《かいもく》……とにかく、被害者本人の意識が戻らないことにはどうにもなりません。警察の方では何か情報をつかんでいると思うので、もし何かわかったら、すぐにご連絡します。はい。承知いたしました。それでは……」

受話器を戻し、公衆電話ボックスから出る。前方に杉の大木が連なっているのが見えた。

神楽坂を上りきったところにある赤城神社は、創建以来七百年以上の歴史を誇り、江戸時代には、幕府の命により、日枝《ひえ》神社、神田明神《かんだみょうじん》とともに『江戸三社』に列せられた。今立っているのは、その参道の入口だ。

ここから左方向へと進み、狭くて急な坂を上り始める。道の名は赤城坂。

（前にも通ったことがあるが、結構な勾配《こうばい》だな。酔っ払って上るのは大変だろう）

歩を進めながら、てっ橋は考えた。

（それにしても、文六師匠は誰にやられたんだろう？　まったく、物騒な世の中だぜ）

昨夜、病院でてっ橋も事情聴取をされ、その際、事件の概要について説明を受けていた。

警察に一一〇番通報があったのは、昨夜の午後十一時十五分頃。赤城坂の途中にある民家の住人からの電話で、内容は頭から血を流し、倒れている男性がいるというものだった。すぐに所轄の神楽坂署へ連絡が行き、パトカーが現場に急行したところ、赤城坂の真ん中付近の路上にうつぶせに倒れている男性がいて、少し前から雨が降り出していたため、通報者である五十代の主婦が傘を差しかけ、男性が濡れるのを防いでくれていた。

アルコール臭が漂う中、抱き起こしてみると、後頭部に打撲の跡があり、出血が見られた。その時、微《かす》かに意識があったが、すでに話ができる状態ではなく、駆けつけてきた救急車によって、近くの病院へと搬送された。

その後の現場検証の結果、近くのブロック塀に本人のものと思われる毛髪がわずかにこびりついていて、雨で洗い流されてはいたものの、ルミノール反応の検査によって、血液成分が付着しているのを確認することができた。

当初警察は現場の状況から、酔って足がもつれ、頭をぶつけたのではないかと考えたが、塀に着衣がこすれた跡があり、争った痕跡が明確に認められたため、後頭部を塀に打ちつけた加害者がいたと考えられた。ただし、雨脚が強かったため、路面から有力な足跡は検出できず、また傷口の状態から、犯行から発見までが三十分以内と推定されたが、周囲にあやしい人影は見あたらなかった。

被害者の昨日の足取りについては、てっ橋も関係者に聞きあたってみたが、不明な部分が多かった。

最初の出番は神楽坂倶楽部の第二部で、そこから、浅草演芸ホール、神田紅梅亭《かんだこうばいてい》の順に回り、紅梅亭の上がりは午後六時十五分で、他の席と同様、六分ほど高座を務め、着替えを済ませて、楽屋をあとにしたのが六時四十分頃。そこから先がわかっていない。病院で検査したところ、血中のアルコール濃度は泥酔に近い状態だったが、どこで飲んだのか、店の特定はこれからだ。

倒れていたそばに愛用していた革製のポーチが落ちていたが、財布の中の現金は抜かれていなかったから、物盗《ものと》りの凶行とは考えにくい。紅梅亭を出る時、ほかに荷物はなかったと聞いた。

（まあ、口うるさい人で、前座や後輩からは煙たがられていたけど）

どんよりとした冬空の下、左側に続く家々の表札に視線を送りながら、てっ橋は考えた。

（だからといって、まさか自分の手を汚してまで、誰かが襲うとは……ん？　泉田悟郎。ここらしいな）

そこは百メートル以上続く赤城坂の頂上に近く、あと少し進むと、右手に神社の境内の裏側へ通じる階段が現れる。

生け垣に囲まれ、トタンの切妻屋根が載った二階建て。小ぢんまりしているし、もちろん借家だろうが、噺家の家としては贅沢な方かもしれない。『ワリ』と呼ばれる寄席の報酬が安いので、なかなか衣食住の『住』まで回らないのだ。

木戸は開いていた。門を潜《くぐ》り、ほんの数歩で玄関。郵便受けの上のチャイムを押すと、すぐに返事があり、駆け寄ってくる足音。そして、格子戸《こうしど》が開いた。

「あら、てっ橋さん。お忙しいところ、申し訳ありません」

文六師匠のおかみさん、雅代さんが顔を出し、頭を下げた。

「ほら、私は後添いだから、芸人さんとのつき合いが少なかったでしょう。何か出てきて、刑事さんに質問されても、返事のしようがないもの。てっ橋さんが来てくれて、ほっとしたわ」

歯切れのいい口調だが、表情は冴えない。場合が場合だけに、動揺するのは当然だった。

年齢は四十代半ば。師匠とは対照的に小柄で、色白の顔に切れ長の眼、つんと高い鼻。少しきつい印象はあるが、いい女の部類だろう。服装はアイボリーのブラウスにグレーのカーディガン、黒のタイトスカート。

廊下を歩き、居間に案内される。掘ごたつにテレビ、サイドボード。芸人らしい風情は特に感じられなかったが、掃除はきちんと行き届いていた。

勧められて、こたつの一隅に座り、出されたお茶をすする。

「……とにかく、困っちゃった。何をどうすればいいか、見当もつかないわ」

雅代さんは眉間《みけん》に深いしわを寄せていた。

「こんなことになるとさ、いろいろと、つまらないことが気になっちゃってね」

「はあ。ええと、つまらないことと申しますと？」

深刻そうな表情でため息をつくので、尋ねずにはいられなくなった。

「わらわれるかもしれないけど、先々月に主人名義の生命保険に加入したばかりなのよ」

「生命保険？　ははあ。そういったご心配でしたか」

要するに、自分が犯人として疑われるのでは、と恐れているのだ。

「それは保険金の額にもよるでしょうが……いかほどなんです？」

「三百万円なの。死亡だけじゃなく、重い障害でも同じ額が出るらしいんだけど」

「三百万？　まあ、その程度なら、ご心配には及ばないと思いますよ」

昨年度の大卒初任給の平均が、たしか十万五千円くらいだったはず。三百万円は確かに大金だが、それを手に入れるために亭主を殺害する女房がいるとは思えない。

その旨を伝えたのだが、雅代夫人はなかなか納得しなかった。

「そうだといいんだけど……それに私、昨夜はこの家に一人きりでいたから、潔白を証明してくれる人がいないのよ」

「それは誰でも一緒でしょう。そんな時刻に女がふらふら出歩いていたら、かえってあやしまれますよ」

「そうかしら」

「そうですとも」

心配性だなと、てっ橋は苦笑したが、本人にしてみれば、笑い事では済まされない。

「『犯人に心あたりはないか』ともきかれたけど、頭が混乱して、何も答えられなかった。あれから、いろいろ考えてみたんだけど……てっ橋さん、あなたは誰か思いつく？」

「いや、そう言われましても……」

てっ橋が答えに詰まっている時、玄関のチャイムが二回鳴った。

11

神楽坂警察署は外堀《そとぼり》通りに面し、神楽坂の起点となる早稲田《わせだ》通りとの交差点近くにあるが、そこから二人の私服刑事が派遣されてきた。

白髪頭のベテランと若手だが、そのうち、質問をしてきたのはもっぱら年配の方で、若い刑事は最初から手帳とペンを構え、ほとんど口を開かなかった。

まずは警察手帳を二人に確認させたあとで、

「自分で言うのも何ですが、こういう事件にはぴったりの人材でしてねえ、私は」

にこりともせずにそう言い、名刺を差し出す。

『東京警視庁神楽坂署

刑事課捜査係

巡査部長　平林貞吉』

「ええと……ヒラバヤシ、サダキチ様というお名前なのですか？」

てっ橋は驚いた。『平林』は代表的な前座噺の一つだし、小僧の定吉は八《はっ》つぁん、熊《くま》さん、与太郎と並ぶ落語界のスーパースターだ。

「親からもらった名前は『サダヨシ』ですが、誰もが『サダキチ』と呼ぶので、訂正するのはとうの昔に諦めました。覚えてもらいやすいので、ずいぶん得をしています」

名刺には連絡先も書かれていたが、『必要があればメモしてほしい』とのことだった。悪用されるのを恐れているらしい。

「落語好きだった祖父の影響もあって、小学一年生から寄席通いを続けてきました。文六師匠の高座も数えきれないほど伺いましたので、今回の事件の捜査を担当することになり、すぐさまカンドリを志願したというわけです」

警察の世界にも符牒が多数ある。てっ橋はたまたま知っていたが、『カンドリ』は『鑑取り』。被害を受けた人物の関係者からの聞き取りの担当。同様に、犯行現場周辺での聞き込みを、たしか『地取《じど》り』と呼ぶはずだ。

平林刑事はオールバックにした頭髪はもちろん、眉まで真っ白で、ちょっと見は六十代だが、しわがなく、血色のいい肌から、そうではないことがわかる。若白髪の家系なのかもしれない。小柄だが、厚い胸板にただ者ではない雰囲気が漂っていた。

ちなみに、若い坊主頭の刑事は『秋山《あきやま》』とだけ名乗った。

いよいよ聴取に入ったが、昨夜の事件について、警察は事故ではなく、事件との見方を固めたらしい。「犯人に心あたりはありませんか」と尋ねてきた。

これに対し、雅代さんは「考えてみたのですが、思いつかなくて」と首を横に振る。てっ橋も同じ質問をされたが、「見当もつきません」と答えるしかなかった。

「やはり、そうですか。では、何か思いあたることがあればご連絡いただくとして、少し質問の方向性を変えることにしましょう」

平林刑事が秋山刑事と意味ありげに視線を交わす。どうやら、ここからが本題らしい。

「家庭内のことを、お伺いします。ここからはしばらく、てっ橋さんには外していただいた方がよろしいかと思いますが……」

「ああ、なるほど。じゃあ、そのあたりを一回りして——」

「いいえ。そんな必要はありません」

腰を浮かしかけたてっ橋を、雅代さんが押しとどめる。

「主人はああいう人ですから、過去にいろいろあったのを承知で、私は所帯をもちました。周囲の人たちもご存じのことばかりですから、てっ橋さんに同席してもらい、私の知らない部分を補足してもらった方が助ります」

「そうですか。わかりました」

うなずいた平林刑事が黒い手帳を広げ、視線を落とす。

「では、早速ですが、文六師匠こと泉田悟郎さんが初めてのご結婚をされたのは二十五歳の時で、相手は二歳年上の志波さんという女性。五年後に協議離婚が成立しているため、現在は旧姓の安田に戻っているはずです。それで間違いありませんね」

「ほぼ合っていますけど……私は最初の奥様の名前を『志波子』だと思っていました」

「そうですか。ただ、戸籍上は間違いなく『志波』です。文六師匠はそうお呼びになっていたのかもしれませんがね」

「ははあ。語呂の関係で、『子』の字をつけたりつけなかったりということはよくありますよね」

「確かに。続いて、最初の奥様と別れた経緯と、次の奥様との出会いについてですが……」

さすがは捜査のプロ。昨夜、馬八兄さんから聞いたのと寸分違わぬ話が語られる。二番めの妻との離婚原因は雅代さんとの不倫だから、きわどい話も登場したが、当の本人が平然としているのだから、気にする必要はなかった。

「まあ、こんなところですかね。お聞きになって、何かお気づきの点は……？」

「特に、ありません」

そう答えてから、雅代さんはまたため息をついて、

「とにかく、あまりに突然の出来事なので驚いてしまって。何の前触れもなかったものですから」

「いや、お言葉ですが、前兆はあったと伺っています。ええと、ねえ、てっ橋さん」

「あ、はい。何でしょう」

見つめられ、訳もなく、うろたえてしまう。

「昨日、文六師匠が神楽坂の高座に上がった時、あなたも居合わせたのだそうですね」

「ええ、はい。確かに、楽屋におりましたが……」

その瞬間、てっ橋には相手が何を言うか、予想がついてしまった。

「でしたら、間違いなくご存じのはずです。師匠の口演中、高座へ向かってミカンを投げつけた女性がいたそうですが、事件が起きたのはまさにその晩です。これ、単なる偶然なんでしょうかねえ」

12

（ミカン女が……？　すると、あいつが文六師匠に大けがをさせたと警察はみてるのか）

事件が起きた日の昼間の出来事だから、関連性を疑うのは当然だが、てっ橋自身は最初から関係はないと判断していた。本当に襲うつもりがあるのなら、高座に向かってミカンを投げるような幼稚なまねはしないと思ったのだ。

（それより、問題はその先だ。文六師匠の二度の離婚歴について、詳細を確認した上で切り出したってことは……先《せん》の女房のうちのどちらかがミカン女なのか？　まさかとは思うけどなあ）

ふと脇へ視線を送ると、雅代さんも大きく眼を見開いている。

すると、黙り込んでいる二人に向かって、平林刑事が驚きの事実を明かした。文六師匠の最初の妻である志波さんが師匠のもとを去り、その後行方知れずであることは聞いていたが、それに加え、二番めの一子さんの所在も不明なのだそうだ。

彼女は離婚後、神奈川県川崎《かわさき》市内にある実家に戻り、三年ほどパートの仕事をしていたが、七年前、突然失踪してしまった。金銭関係のトラブルが原因らしいが、詳細については教えてもらえなかった。

「ところで……文六師匠が昨日、高座にかけた演目は何だったのでしょう」

「あ、はい。『初天神』です」

「ほう、『初天神』。だとすると……」

平林刑事が背広の内ポケットから細長い物体を取り出す。それは、何と高座扇《こうざせん》！　つまり、落語を演じる時に使う専用の扇子だ。

「実は私、落語好きが高じまして、高校時代から二十五歳まで天狗連《てんぐれん》として活動していました」

老刑事は表情を変えないままで、そんなことを言い出す。

「二十五まで天狗連を……ええと、その時、お仕事は？」

「高卒で採用されましたので、交番が非番の日などに稽古をしていました」

「ほう。それは、また……」

プロの落語家としてではなく、素人として高座に上がり、落語を喋る。それが『天狗連』だ。てっ橋もそういう会に何度かゲストとして招かれ、打ち上げにも参加して、ずいぶんいろいろな職業の人がいるものだと感心した覚えがあるが、さすがに警察官はいなかった。なかなかユニークな趣味ではある。

「話はまだ続きます。二十五歳の時、ついに病膏肓《やまいこうこう》に入《い》りまして、とある師匠のところへ押しかけて入門を志願し、許可されました」

「えっ、そうだったのですか。で、その師匠というのは？」

問いかけると、平林刑事は高座扇をおもむろに開く。そこには、墨跡も鮮やかな『和』の一字。そして、『小心居』の落款《らっかん》が押されていた。

「これは……じゃあ、押しかけた先というのは稲荷町だったのですか」

「はい。私は正蔵師匠の人情噺、特に『中村仲蔵』が大好きでしてねえ」

『中村仲蔵』は同名の歌舞伎役者が忠臣蔵五段目の斧定九郎《おのさだくろう》役を振られ、さまざまに苦心を重ねるという噺で、師匠の十八番《おはこ》中の十八番だ。

「『弟子入りするなら、この人しかいない』と思ったのですが……残念ながら、翌日にはクビになってしまいました」

「ええっ、たった一日で？」

「ちゃんと警察を辞めてから伺えばよかったのですが、断られるのが心配で、入門を許されたその足で職場へ行き、辞表を提出しました。そうしたら、署長が師匠に電話をしてしまったのです。『警官として前途有望な若者だから、何とか』と懇願され、師匠は私に『お前さん、今の仕事を続けた方がお国のためだよ』とおっしゃって」

「ははあ、なるほど。そういうご事情だったのですか」

「その後は天狗連として高座に上がることもなくなりましたが、警官というのは、時として、やたらと暇をもて余す職業なのです。私は機動隊に長くおりましたから、デモの警備などの際には何時間もその場に立ちっぱなし。仕方がないから、昔覚えた噺をネタぐりしていましたよ」

『ネタぐり』とは口の中で稽古すること。火炎瓶を手にしたデモ隊と睨み合っている機動隊員が、周囲をはばかりながら『ジュゲムジュゲム』とか『タイーラバヤシカヒラリンカ』などとつぶやいていた……なかなかシュールな光景ではある。

　これだけでも驚きだったのだが、扇子を閉じた刑事はその場に正座し直すと、いきなり、

「『おい、おっかあ、羽織出しとくれよ、羽織を』

『うるさいねえ、この人は。新しい羽織をこしらえたからって、何かってえと、着て出歩きたがってさ。どこへ行くんだい』

『どこでもいいじゃねえか。羽織を出せってんだよ』」

　てっ橋はあ然としてしまった。まさか本職を前にして、落語を演り始めるとは思わなか

ったのだ。しかも、表情たっぷりで、きちんと上下《かみしも》まで切っている。『上下を切る』とは登場人物に合わせ、首を左右へ向けることだ。

脇では雅代さんも目を丸くしていたが、若い秋山刑事は涼しい顔。どうやら、平林刑事の落語好きは署内でも有名らしい。

「『お前さん、行き先も言わずに出かけようってのかい？』」

もちろん、先日聞いた文六師匠の口演とは細部が微妙に違っている。

「『だから……うるせえなあ。天神様にお参りに行くんだよ。今日は初天神だろう』

『あら、そう。それなら金坊も連れてっとくれ』

『金坊を？　嫌だよ。冗談じゃねえや』……と、まあ、こうなるわけですがね」

突如、平林刑事が素《す》の無表情に戻る。素人にしては口慣れていて、そこいらの前座よりもレベルが上かもしれない。

とりあえず、ほめなければと思ったのだが、その前に相手が口を開いた。

「『初天神』の冒頭ですが、ここまでに関して、一つ質問させていただきます。噺の主人公である熊五郎の妻はなぜ『息子の金坊をお参りに連れていけ』と、夫に要求したのでしょう？　この件に関して、てっ橋さんのご見解を伺いたいのですが」

「あたしのご見解？　そりゃ、ゴケンカイもロッケンカイも……」

何かの冗談だと思い、軽口を叩こうとして、てっ橋は絶句した。平林刑事の眼が真剣そのものだったからだ。

（だけど、まさか噺の『初天神』が、傷害や殺人未遂の事件に関係してるとは思えねえけどなあ）

とにかく、返事をしないわけにはいかない。

「ええと、ただいまのご質問の答えですが……演者によっても多少違いますけど、『家にいると悪戯《わるさ》ばかりする』『掃除がはかどらない』『近所で遊ばせると、苦情が舞い込む』。そんなところでしょうか。要するに、手のつけられない悪ガキなんだと思います」

「丁寧にお答えいただき、ありがとうございます」

平林刑事が頭を下げる。思いつきの回答だが、秋山刑事はそれらを逐一メモする。その真剣な態度に、てっ橋はさらに困惑した。

「では、続きです。妻の要求に対し、熊五郎は連れていくのを拒否しようと試みますが、その理由は？」

「理由は明らかだと思いますよ。そんな悪ガキ、誰だって、連れて歩きたくはない。他人《ひと》に見られて恥ずかしいし、『あれを買え、これを買え』と騒がれれば、つい言いなりになって、銭を遣うはめになります」

「まさにおっしゃる通りですが……それだけですかね」

妙に意味ありげな口調だった。

「そうだと思いますけど」

「では、熊五郎が外出する理由は何でしょう」

「はい？　もちろん初天神だから……いや、女房の言い方だと、違いますね。新しい羽織をこしらえたから、それを着て、出歩きたがっていたのかな」

「では、なぜ熊五郎は羽織を新調したのでしょうか」

「ええと……何だか、あたしが犯人で、刑事さんからの尋問を受けているみたいですね」

息苦しくなり、この場から逃げ出したくなってしまった。

「申し訳ありません。ただ、大切な点なので、途中で終わるわけにはいかないのです。質問を変えることにしますが……数ある落語の中で、亭主が外出する際、女房が子供を一緒につけてやる。そういう噺がほかにありますか」

「そう言われても、すぐには、思いつきませんけれど……」

「素人考えですが、例えば『喜撰』などはあてはまりませんか」

「キセン？　ああ、『喜撰小僧』ですか。『悋気《りんき》の独楽《こま》』のことですね」

複数の呼び名をもつ落語は多いが、この噺の成り立ちはやや複雑である。もともと、上方に『悋気の独楽』という噺があり、それが東京に移されたあと、前半部分を独立させて演じられるようになったのが『喜撰』または『喜撰小僧』という落語なのだ。

「ただ、『子供をつけてやる』には違いありませんが、あの噺の場合は、実の子ではなく、小僧ですよね」

「はい。ついていくのはサダキチ……何だか自分が出てくるみたいで、恥ずかしいですが」

平林刑事がやっと口元をゆるめる。わりと人懐《ひとなつ》っこい笑顔だった。

『喜撰』では、大店《おおだな》の主《あるじ》である亭主の浮気をあやしむ女房が定吉に言いつけ、あとをつけさせる。亭主は疑った通り、妾宅《しょうたく》へ入っていったが、定吉は見つかり、小遣いを餌に口止めされてしまう。

「それに、同じ子供といっても、金坊と定吉では年が違うはず……とは限らないか」

てっ橋は反論しかけ、自ら否定した。現在とは違って、義務教育などなかった時代が舞台なので、奉公を始める年齢は早ければ十歳から。だとしたら、金坊と年の差はない。

「すると、刑事さんは『初天神』の女房も『喜撰』と同様、亭主の浮気を疑っていたとお考えなのですか」

「いえ、そういう解釈も成り立つと申し上げているだけです。よそ行きの羽織をこしらえ、いそいそ出かけようとする亭主に女の影を感じ、お目付け役を同行させようとした可能性がある」

「ははあ、なるほど。そう言われると、それが本当のような気もしてきました」

『初天神』のラストは、金坊にせがまれ、凧を買わされた熊五郎が、昔取った杵柄《きねづか》で見本を示そうとするうち、本気になってしまい、凧を手放さなくなる。それを見た金坊が呆れ、『こんなことなら、お父つぁんなんか連れてくるんじゃなかった』……これがオチであるが、その後、熊五郎が息子をうまくまいて、愛人宅へ駆けつけたのかもしれないのだ。

「あのう、私ごときが口を挟んでは申し訳ないのですが」

ずっと黙っていた雅代さんが、ここで口を開く。

「今のお話とうちの主人の事件と、一体、どういう関係があるのでしょう?」

すると、平林刑事は軽く頭を下げ、

「回りくどくて、申し訳ありませんでした。先ほども話に出てきましたが、文六師匠の前の奥様……一子さんとおっしゃるそうですが、その方と離婚された原因は不倫問題だったわけですよね」

「え、ええ。その通りですけど」

「一子さんには前のご主人との間にできた保君《たもつ》という男の子がいて、師匠とご結婚された時、四歳だったそうですが、奥様はお会いになったことがありますか」

「あ、はい。保君なら、よく知っていて……というより、私にすっかり懐いていました。前の奥様の眼をごまかすために、主人はよくデートの場所に連れてきましたから」

（ええっ……？　そ、そうなのか）

　意外な告白を聞き、てっ橋は驚いた。

（早い話、子供を隠《かく》れ蓑《みの》にして浮気相手と逢い引きを……ううむ。『初天神』をさっきの解釈でとらえ直すと、確かによく似た話ではあるよなあ）

「申し上げる順序が逆になってしまったかもしれませんが」

　ここで、平林刑事がまったく別のカードを切ってくる。

「実は、目撃者がいたのです」

「目撃者？　じゃあ、誰かが昨夜、文六師匠が襲われる場面を――」

「いいえ、違います。残念ながら、そうではありません」

　勢い込んだてっ橋の言葉を遮り、平林刑事が首を横に振った。

「昨日の昼間、神楽坂倶楽部で、客席から文六師匠にミカンを投げつけた女性を目撃した関係者が見つかり、その人物の証言が得られたのです」

「あ……そっちか。それで、目撃者というのは誰なんですか」

「喜仙師匠です」

「キセンは、落語の演目……じゃなくて、花山亭喜仙師匠ですね」

「はい。あの師匠は長い芸歴をおもちなので、文六師匠の前の奥様のこともちろんご存じです。その喜仙師匠がロビーで問題の女性を偶然見かけ、『あれは一子さんに間違いない』とおっしゃっています。となると、最初に申し上げた通り、同じ日の夜に起きた事件との関連性を疑わないわけにはいかないでしょうねえ」

14

（……目撃者がいたのか。なるほど。そりゃ、そうに決まっているよな）

てっ橋はやっと事情が呑み込めた。不確かな情報や憶測だけで、警察が動くわけがない。落語談義はあくまでも前置きに過ぎなかったのだ。

平林刑事の説明によると、神楽坂倶楽部の真裏のお宅は古山《ふるやま》さんといって、地元の花柳界で箱屋《はこや》さんをしているのだという。『箱屋』は芸者さんの着つけや化粧などを請け負う職業で、喜仙師匠は料亭に出入りをした際などに古山さんの世話になり、個人的にも親しい関係なのだそうだ。

元日、寄席の出番の合間を縫って、喜仙師匠はこのお宅にやってきた。年始の挨拶に加え、贔屓客《ひいききゃく》からの預かり物を受け取る用事があったらしい。

用件を済ませ、玄関から路地へ出た時、師匠はふとあることに気づいた。そこから神楽坂倶楽部の裏口が見えるが、普段は閉じているドアが半分ほど開いていたのだ。

『前座がうっかり閉め忘れたのかな』などと考えている時、突然、異変が起きた。

裏口から、グレーのロングコートを着て、マスクで口元を覆った女性が飛び出してきたのだ。廊下を全力で駆けてきたらしく、長い髪のその女性は裏庭に出た直後、立ち止まって荒い息をついた。さらに激しく咳き込み、ほんの一瞬だが、マスクを外したため、顔があらわになった。

それを見た喜仙師匠が『あれ？　文六さんのお内儀じゃないかい』と声をかけると、女性はぎょっとしたように師匠の顔を一瞥《いちべつ》すると、すぐに走り出し、別の路地へと姿を消したという。

「……そんなことが、あったのですか。喜仙師匠は後輩の面倒見のいい方なので、顔をご存じだったんでしょうねえ。それに、噺家の女房だった女《ひと》なら、忘れ物を楽屋へ届けたりすることもありますから、裏口を知っていたのもうなずけます。とにかく、夫婦別れした時のいきさつがいきさつですから……いえ、その……」

すぐ脇に寝取った張本人がいては話しにくい。困っていると、雅代さんが小声で「どうか、私にはお気遣いなく」と言う。

「では、まあ、事情が事情なので、十年以上経っても元の亭主に恨みを抱いていた可能性はあると思いますが、なぜわざわざ寄席までやってきて、満座の中でミカンなんぞぶつける必要があったんでしょうねえ」

平林刑事に尋ねたつもりだったが、相手は答えず、無言のまま、顎でてっ橋に先を促す。

「いや、別にあたしは……まあ、昔の連れ合いのその後の様子が気になり、こっそり覗きに来たのかもしれませんけど」

釣り込まれるように、てっ橋は話し出す。

「客席に陣取り、演芸を眺めているうち、やがて文六師匠が上がり、『初天神』を演り始める。すると……あれ？　ちょいと待ってくださいよ」

その時、耳元で馬八兄さんの声が蘇った。『てっ橋。こりゃあ、ひょっとすると』。

(あのあと、東橋師匠から店に電話が入り、肝腎《かんじん》な部分が聞けなかったが、もしかすると、馬八兄さんは犯人の動機について、すべてお見通しだったのかもしれないぞ。

もし兄さんが、文六師匠が雅代さんと逢い引きする際、一子さんの連れ子を目くらましに使ってたという事実を知っていたとすると、さっき、刑事さんが教えてくれたのと同じような解釈をして……そうか。そういうことだったのか)

「ええと、あくまでも、可能性ですけれど」

てっ橋は言葉を選びながら語り出した。

「客席にいた一子さんが文六師匠の『初天神』を聞いて、昔のいきさつを思い出し、心の傷に触れられたのがミカンを投げた動機ということはあるかもしれません。どうですか、刑事さん」

「実は、私も同じ意見です。日撃者の証言を得てから、そう考えるようになりました。ここからは私の想像ですが、一子さんは文六師匠に会って、お金の相談をするつもりだったのではないでしょうか。あのう、奥様、伺いづらいのですが、文六師匠が一子さんと離婚される際、慰謝料はお支払いになりましたか」

「え……ええ。私と主人が百五十万円ずつということで、示談が成立しました」

立ち入った内容にも、雅代さんは淡々と答える。

「私の分はすぐに振り込みましたが、主人はたぶん、ほとんど払っていないと思います。もともと大した稼ぎではありませんし、それに、最初の奥様との間にできた女の子に毎月養育費を振り込んでいましたから、慰謝料までは手が回らなかったみたいです」

「ほう、養育費を。そういうところは律義ですね」

「律義というより、子煩悩なんでしょうね。残念なことに、私と一緒になってからは子供を授かりませんでしたけれど。

千の枝と書いて、千枝《ちえ》ちゃんという名前だそうですが、お母さんの志波さんも毎年必ず年賀状を家《うち》によこして、そこに養育費のお礼が書いてありました。もちろん、差出人の住所はありませんでしたが……」

「貴重な情報をありがとうございます。おい。書き漏らすなよ」

先輩に注意され、秋山刑事が小声で「大丈夫です」と答える。

「となると、金銭トラブルに巻き込まれ、喉から手が出るほどお金がほしかった一子さんが、文六師匠のもとを訪れ、慰謝料を支払うよう直談判《じかだんぱん》に及んだと考えても不思議はありません。最初の計画では、一子さんは文六師匠の出番が終わったあと、楽屋へ行くつもりだったのでしょうが、思いがけず『初天神』を聞かされ、つい激昂《げっこう》して、あんなことをしでかしてしまった。まさかその直後に楽屋へは行けないし、面目《めんもく》ないから木戸も通れない。困り果てている時、寄席に裏口があることを思い出し、ほうほうの態《てい》で逃げ出した」

「ははあ、なるほど」

「寄席で話をしそこねた一子さんは、その晩、文六師匠をつかまえるため、自宅の近くで待ち伏せをした。そして、酔って帰ってきた師匠と口論になり、故意か過失かはまだわかりませんが、元亭主の頭をブロック塀に打ちつけ、大けがをさせてしまった」

「確かに、それで何もかもつじつまが合いますね。ううむ」

てっ橋はうなりながら感心してしまった。

平林刑事は自分の推理に関して、雅代さんにも意見を求めたが、彼女は言葉を濁し、前妻については一切論評しなかった。やはり遠慮があるのだろう。

雅代さんは冷えたお茶を差し替えようとしたが、平林刑事がそれを制する。

「そうゆっくりもしていられないんですよ。それよりも、文六師匠のお部屋を見せていただけますか。何か手がかりがあるかもしれません」

15

「主人の部屋へ、ですか？　もちろんかまいませんが……ただ、散らかっておりますから」

雅代さんが困ったように顔をしかめる。

「あまりにも度が過ぎるので、掃除しようとしても、私が部屋に入るのをひどく嫌がって……近頃は諦めてしまいました。刑事さんたちも、ご覧になったら驚かれると思います」

「そういう事例には慣れておりますから、大丈夫です。我々二人の手に余ると判断すれば、応援を呼びますし」

「そうですか。承知いたしました。では、少々お待ちくださいまし」

座卓の上の湯飲みを盆に載せ、台所に運ぶ。片づけてしまわないと気が済まないらしい。どうりで、家中掃除が行き届いているわけだ。

空いた時間を利用して、秋山刑事がトイレを借りる。

「ところで、てっ橋さんは稲荷町のお宅へ顔を出されたりしますか」

二人きりになった時、平林刑事がきいてきた。

「あ、はい。一門は違いますが、噺の稽古をしていただいたりして、お世話になっておりますから。毎年、三が日のうちには必ず年始の挨拶に伺っていましたが、今年はこんな有様なので、日延べになるかもしれません」

「ご面倒をかけてしまい、恐縮です。実は、私もあと二年ほどで定年を迎えますが……」

ふと、遠くを見るような眼になる。

「今でもたまに、あの時、署長が電話せず、前座の修業を始めていたらと想像してみるんです」

「確かに、人生の大きな別れ道ではありましたよね」

「あの頃、稲荷町にはまだ弟子がいなかったので、もしクビにならなければ、私が惣領。今頃、一門内で大きな顔をしていられたでしょう。惜しいことをしましたよ」

老刑事の顔に寂しげな微笑が浮かんだ。もしかすると無表情は職業柄で、これが本来の顔なのかもしれないと、てっ橋は考えた。

やがて、座を外していた二人が戻ってきて、四人で居間を出る。一階は六畳二間に台所、浴室、トイレ。階段を上ると、二階は六畳に四畳半。ただし、四畳半の方には家主の荷物が置かれ、引っ越した時点で入口が施錠されていた。

もともと、この家の持ち主は文六師匠のお客、いわゆる『お旦《だん》』で、三年前北海道へ転勤する際、『戻ってくるまでの間、格安の家賃でどうか』と誘われ、借りることにしたのだという。

二階で唯一の居住スペースである六畳間の襖《ふすま》を雅代さんが開ける。

二人の刑事の肩越しに中を覗き込み、てっ橋は眼を見張った。

正面奥に窓があり、カーテンが閉じられていた。その手前にスチール机と椅子。

左右の壁は天井ぎりぎりまで木製の書架が覆い尽くしていたが、本がそこからあふれ、机の周囲や床の上にうずたかく積まれていた。

「この有様なんです。少しは本や新聞を捨ててほしいと頼んでも、絶対に言うことをききません」

雅代さんの嘆きの通り、入口の脇には大量の新聞が積み上げられていた。どうやら、一紙ではなく、二、三紙購読していたらしい。

（マクラの材料にでもするつもりで……噺のマクラは、いつ聞いても、大して変《か》わり映《ば》えしなかったけどなあ）

捜査の妨《さまた》げになってはいけないので、手を出すつもりなどなかったが、秋山刑事が「念のためです」と白い手袋を差し出してきたので、両手にはめる。

照明がともされ、明るくなった室内に足を踏み入れて、てっ橋の驚きはさらに大きくなった。膨大な本の大半が落語関係の書籍で占められていたのだ。最も多いのは口演の速記だが、落語家の自伝や評伝、落語論、落語の歴史や江戸時代の生活にまつわる研究書、さらには落語に関連した雑誌のバックナンバーもずらりと揃っている。右手の本棚の一角にはこれまた大量のレコードやカセットテープがきちんと整理されて置かれていた。

二人の刑事はとりあえず、机の周辺から調べ始める。

（あの師匠がまさか、こんな……俺のまったく知らない一面があったらしいな）

お世辞にも売れているとは言えないし、投げやりに見える高座も多かった文六師匠だが、心の奥底には落語に対する熱い情熱を秘めていたらしい。

（だったら、このまま死んだりしちゃいけねえ。ぜひとも元気になって、もう一度高座に……ん？　ああ、こんなところにあったのか）

右手の書架に並ぶ本の背表紙を眺めているうちに、一冊だけ、手前で横倒しになっている本があることに気づいた。かなりの年代物と思えたので、確認すると、二代目柳家、つまり禽語楼小さん全集の第一巻だ。

（これだな、馬八兄さんが言っていた本は。他人からの借り物だから、目立つような置き方をしておいたんだ）

手に取ってみると、奥付に押印があり、正蔵師匠の蔵書であることが確認された。

（文六師匠はあんな状態だから、俺が持ち出して、直《じか》に返しに行った方がいいな）

本を手にして、平林刑事に声をかけようとした時だった。

部屋の反対側。入口から左手の本棚の方を向いていた雅代さんが短い悲鳴を上げたのだ。

「どうかされましたか？」

二人の刑事が急いで歩み寄る。釣られて、てっ橋も近くまで行った。

「あの、こ、こんなものが……」

彼女は右手に一枚のはがきを持っていた。眼にはおびえの色が浮かんでいる。

見ると、年賀状ではなく、普通の官製はがきだ。

「ここに郵便物が無造作に積まれていたので、一番上に載っていたはがきを何気なく手に取ったら……まさか、こんなものが来ていたなんて、知らなくて」

軽く首を振りながら、平林刑事に手渡す。表にはここの住所とともに、『花翁亭文六様』と宛先が記されていた。

「消印は十一月三十日。約一カ月前ですね。筆跡は、どうやら女性らしいが……」

手渡された平林刑事がそうつぶやきながら、はがきを裏返す。

次の瞬間、てっ橋は思わず息を呑んだ。

白い紙に黒いインクの手書き文字で、『元夫・悟郎の喪中のため、新年のご挨拶をご遠慮申し上げます』。文面はそれだけ。日付も、差出人の住所・氏名もなかった。

（悟郎の喪中？　『泉田悟郎』が文六師匠の本名だから……ええっ？　じゃあ、これ、まさかの殺害予告ってやつなのか）

「なるほどねえ。『元夫』ですか」

冷静な口調で平林刑事がつぶやく。

「すると……ひょっとして、これが署名なのかな」

差出人の名前などなかったはずだと思いながら、問題のはがきにもう一度視線を落とした時、てっ橋は心臓をわしづかみにされた気がした。

先ほどは見落としてしまったが、喪中を示す定型文の左下に横棒が一本引かれていたのだ。ほんの少し反った感じが、漢数字の『二』に見える。

（これは『一子』の『二』か。女性の名前で『子』の字を足したり、外したりするのはよくあることだが……）

てっ橋は体が自然と震え出すのを感じた。

16

「平林、貞吉……ああ、覚えているとも。一度聞いたら、忘れられない名前だものねえ」

分厚いレンズの奥の眼が、てっ橋に向かって笑いかける。

「あの時、警邏《けいら》課の巡査だと聞いたけど、今は神楽坂署の刑事さんかい。そりゃあ、ご出世だぁ。噺家になるのを諦めさせて、よかったよ。あたしの眼に狂いはなかったね」

　ここは台東区東上野《ひがしうえの》五丁目。ただし、これは昭和四十一年に実施された町名変更の結果で、それ以前は稲荷町。現在でも、地下鉄の駅名にその名をとどめている。

　銀座《ぎんざ》線の稲荷町駅から階段を上って、地上へ出ると、目の前が浅草通り。この道を東へ行けば浅草、西へ行けば上野駅に出るが、この大通りよりも一本北側の小道に、戦火に遭わずに焼け残った昔ながらの四軒長屋がある。

　間口《まぐち》が二間《にけん》で、板壁に覆われた二階建て。そのうち、東の端が正蔵師匠の自宅だ。

　玄関には紺地に白く光琳蔦《こうりんづた》を染め抜いた暖簾が掛けられ、正面の鴨居《かもい》には『小心居』と書かれた木札。これは若い頃に師事した『三代目小さん師匠の心で居る』という意味で、三代目は文豪・夏目漱石《なつめそうせき》が『三四郎《さんしろう》』の中で『天才だ』と絶賛したほどの名人である。

　格子の引き戸を入ると、三和土《たたき》があり、左手に二畳ほどの小部屋がある。その奥の六畳が居間兼客間で、神棚や縁起棚のある、いかにも芸人らしいたたずまいの空間で、小さな机を前にして、師匠は座っていた。

　右手には長火鉢。机の上には本やペン立て、インク壺、置き時計などさまざまなものが載っていた。ここは師匠の書斎でもあるのだ。

　一月五日、金曜日。時刻は午前十時半を少し回っている。

「たった一日とはいえ、正式に弟子入りしたのは本当さ。名前まで決めていたんだが、申し渡す前に警察の署長さんに泣きつかれちまってね」

冬なので、ラクダ色のシャツの上に袷《あわせ》の着物、上に襟つきのカーディガンを羽織っている。眼鏡のレンズが厚いのは、左右の眼ともに白内障の手術を経験したせいだ。

「へえ。入門したその日に芸名まで……何とつけたか、覚えていらっしゃいますか」

「忘れやしないさ。そのまんまで『サダキチ』。『サダ』はひらがなだがね」

『さだ吉』という前座名になるはずだったらしい。てっ橋は前座の時から一つ名だが、自分と比べると、うらやましくなるくらい、いい名前だ。

「律義な男でねえ。そこで縁が切れちまったのに、二度ほど、落語会の楽屋にわざわざ訪ねてきたよ。毎年欠かさず年賀状もよこすし……といっても、今年は来やしないがね。こりゃあ、たぶん本人のせいじゃないから、苦情を言ったら気の毒だろうよ」

「ああ、はい。おっしゃる通りだと思います」

郵政省の労組である全逓《ぜんてい》信《しん》労働組合が自分たちを敵視する使用者側の労務政策に反発し、激しい年末闘争を展開したのだが、大晦日に行われた公労委の調停も功を奏さず、今年の年賀状の配達は未曽有《みぞう》の大混乱に陥った。

郵政省側は大量の学生アルバイトを雇用し、年賀状の仕分けや配達を懸命に行ったが、『三が日、一枚も届かなかった』『いつになったら届くんだ』など、苦情の電話が殺到した。

昨日になって、全逓労組が一時休戦の指令を出したため、今後は正常化する見込みだが、今朝の新聞によると、郵政省の発表で、年賀はがきの配り残しは六億枚。配達率が七十二パーセント。しかし、組合側はこれを虚偽発表と断じ、『未配達率は五割を超えているはず』と述べている。実際のところ、郵便局によっては、昨日までの配達率が三割未満のところも多いらしい。

「うちも普段の年の半分以下しか届かないね。組合運動にも言い分はあるだろうが、年賀状を人質に取ろうって了見が、あたしゃ気に入らないね」

曲がったことが大嫌いな師匠は、寄席に通うために地下鉄の定期券を所持していても、『これはあくまでも通勤用だから』と言って、ほかの用事で乗る時にはわざわざ切符を買っていた。これは有名な話である。

しかし、『買っていた』と過去形なのが示す通り、近頃はこの習慣をやめてしまった。労働組合がストライキを実施し、乗客に迷惑をかけるので、義理立てする必要を感じなくなったというのがその理由。そういう人物の言葉だけに、非常な重みがあった。

「まったく、困ったもんだが……ああ、それどこじゃなかった。文六の容体をきかなくちゃ。お前《まい》、知ってるんだろう。どんな具合なんだね？」

「病状は一進一退で、医者も先が読めないらしいです」

「そうかい。文六さんの身にもしものことがあれば、大喜びするのは犯人だ。何とかここで踏ん張ってもらいたいね」

「おっしゃる通りです。ただ、そのう……」

言いかけて、てっ橋は首を傾げた。

「どうも腑《ふ》に落ちないことがあって、弱っております」

「ん？　何の話だね」

「『初天神』ですよ。平林刑事の説だと、熊五郎は浮気をする目的で家を出ようとして、女房に気取《けど》られたというんですが……本当にそうなんでしょうか。確かに『喜撰小僧』と似ているので、あの時は真《ま》に受けてしまいましたが、そんな珍解釈は初耳です」

「ああ、なるほど。そのことかい。あたしゃ、『初天神』はもってないからねえ」

『自分のもちネタではない』という意味だ。

「だけど、あの噺の熊五郎は浮気者だと、そう腹に入れて演じるてぇのはおもしろいと思うね。素人にしちゃ、あっぱれだよ。うふふふふ」

師匠が口元をゆるめ、湯飲みを取り上げて、お茶をすする。

長火鉢の脇にはおかみさんが座っていた。和服姿で、髪を引っ詰めに結っている。師匠よりも九歳下だが、昔ながらの気性で、主人と客との会話にはめったに口を挟まなかった。

「とにもかくにも、文六さんの先のかみさん……一子さんと言ったかね。その女《ひと》は、すぐに見つかるだろうよ」

「ええっ？　あの、なぜそんなことが……」

いきなり断定的に言われ、てっ橋は戸惑った。

「だって、看護婦なんだろう。ほかの土地へ移ったとしても、違う稼業に就くとは思えない。職場は自ずと限られる。お上《かみ》が本気を出せば、容易に捜し出せるさ」

「ははあ、なるほど。それはそうでしょうね」

てっ橋は感心した。稲荷町の師匠は博覧強記で知られ、身近な話題を随筆風に語る『随談』を度々高座にかけているほどだが、鋭い洞察力まで備わっているとは知らなかった。

「まあ、文六さんの部屋から出てきた喪中はがきが殺人予告だったかどうかまではわからないけど、神楽坂の寄席での一件についちゃ、喜仙さんという生き証人がいるわけだからね。一子さんに疑いがかかるのはやむを得ないと思うよ」

「それは確かに……ええと、喜仙師匠といえば、ですね」

ここで、てっ橋は話題を変えた。不遜《ふそん》ではあるが、師匠の推理力をちょいと試してみたくなったのだ。

「実は昨日、喜仙師匠に叱られてしまったんですよ」

「叱られた？　お前《まい》さんがかい」

「ええ。元日に、師匠から頼まれて、私が祝儀袋の金額を書き換えたんですが……」

神楽坂倶楽部の楽屋でのいきさつを詳しく説明する。てっ橋が座っている脇には、今日師匠からもらったお年玉の袋と熨斗《のし》の掛かったご年始の手ぬぐいが置かれていた。これが稲荷町の吉例で、三が日の間に顔を出すと、これに納豆の包みがついてきたりする。

「昨日、紅梅亭で顔を合わせたとたん、『祝儀袋の金額を書き替えたのがばれて、女房にとっちめられた。お前の字が似ていなかったせいだ』って……理不尽です。

ただ、考えてみると、変な話でしてね。祝儀をくれた尾沢《おざわ》さんて人の本物の筆跡と、前にもらった袋でも出して見比べたのなら、わかるんですよ。喜仙師匠のおかみさんは袋から札を出すなり、『二万円抜いたね！』と怒り出したんだそうです。師匠は『きっと、筆跡を覚えてたんだ』と言いますが……本当にそうなんでしょうかね？」

「ああ、何だい。そんなことか」

質問すると、即座に師匠はうなずく。稲荷町の師匠の『ああ』は、正確に音を表記すると、『あはあ』である。

「簡単すぎるじゃあないか。どうせ謎を出すなら、もう少し難しいのにしてもらいたいもんだね」

「ええっ⁉　まさか、そんな……」

その返事を聞き、てっ橋は驚愕した。

「ほ、本当に、謎が解けたのですか」

「嘘なんぞつかない。子供でもわかる理屈さ。その尾沢さんて贔屓《ひいき》客は、よほど几帳面な気性なんだろうね。そういうお人だから、古いお札じゃ失礼だてんで――」

「あのう、突然失礼いたします」

戸を開け放した玄関で、男性の声が聞こえた。

「林家正蔵師匠のお宅はこちらでしたでしょうか」

その声に、てっ橋は聞き覚えがあった。

「正蔵は私です。ご遠慮なく、お入りくださいまし」

「ありがとうございます。では、失礼をして……」

入ってきたのは、予想通り、神楽坂署の平林刑事だった。

刑事は丁寧に一礼すると、

「師匠、お見忘れとは存じますが、私、平林貞吉と申しまして、三十年以上前に、こちらに伺い、弟子入りを志願した者です。その節には、まことにお世話になりまして……」

17

「今朝、てっ橋さんのご自宅に電話をかけたんですが、お出にならないもので、神楽坂倶楽部の楽屋に『居所に心あたりがないか』と、電話でお尋ねしたんですよ」

居間に上がり、畳の上に正座した平林刑事が言った。

「そうしたら、前座さんが『昨夜、稲荷町へ行くような話をしていた』と……まあ、そんな訳で、ずうずうしいのは承知の上でお伺いしました。我々、普段は複数で行動しますが、今日は私的な訪問なので、私一人です。すっかりごぶさたいたしましたが、師匠、ご壮健で何よりです」

「あなたこそ、ご出世されたそうで、おめでとうございます。いやあ、本当にお懐かしいですなあ。あの折は……」

と、思い出話が始まったが、てっ橋は何となく落ち着かなかった。たとえプライベートな訪問であっても、まさか落語談義をするために刑事がわざわざここまで出向いてきたとは思えない。しかも、話の様子では、本来のお目当ては自分らしいから、不安に思うのは当然だった。

するると、昔話が一区切りしたところで、平林刑事は姿勢を改め、

「実はですねえ、大変な見込み違いをしてしまいました。文六師匠のご自宅で、見当外れの説を申し上げたので、一刻も早く訂正したいと思いまして」

要するに、誤っている自説が、てっ橋によって流布《るふ》されるのを防ぐための来訪らしい。

「へえ。見込み違い、ですか」

「はい。文六師匠の前の奥様である一子さんの居場所がわかり、現地の警察が事情聴取をしてくれました。中国地方の小さな町の病院で働いていらっしゃったのですが、その報告が昨日、署に届いたのです」

「ほほう。それで?」

「元日は日勤だったことが確認されました」

「ニッキン……？　ああ、そうでしたか」

看護婦だからシフト制の勤務なのだ。日勤ならば、午前九時から午後五時まで。多少のずれはあるだろうが、中国地方のどこかで日中働いていた人間が午後二時過ぎに新宿区神楽坂に出現することは絶対に不可能だ。

「だけど、喜仙師匠は確かに見たと……なぜそんなことになってしまったんでしょうね」

「私も驚いてしまいまして、昨夜師匠に会い、新たに判明した事実をぶつけてみたんです」

平林刑事が眉をひそめる。

「やや不鮮明ですが、写真もファックスで届いていたので、それも見せたところ、思いがけない返事が返ってきました。『先のかみさんと言ったのは間違いで、先の先だった』と」

「センノセン？　ああ、『前の前のおかみさん』ですか。それは、また……」

つまり、『一子さんではなく、最初の妻である志波さんだった』という意味らしい。だとしたら大変な違いで、刑事が不快そうな表情を浮かべるのも無理はなかった。

「ははあ。これが本当《ほんと》の『先妻の間違い』だねえ」

稲荷町の師匠が笑った。十八番の噺のサゲ、そっくりそのまま。それを聞いて、平林刑事が苦笑する。

「巡査部長様が気に病むのは当たり前だけど、お前さんの責任でこうなったわけじゃないんだから、天災だと思って、諦めちまうんだね」

諭す言葉が見事な芸になっているのは、さすがというほかなかった。

「だけど、刑事さん、喜仙師匠の今度の証言は信用してもかまわないんでしょうかね」

てっ橋がきいた。

「文六師匠じゃなくて、違う誰かのカミさんと勘違いしてた、なんてことがありゃしませんか?」

「我々も、そこは用心しました。幸い、志波さんの顔写真は入手済みだったので、それを喜仙師匠に見ていただいたところ、『今後こそは間違いない!』と」

「なるほど。だったら、ある程度は信頼できますね。ただ、志波さんて女はまるっきりの行方知れずなんでしょう。雲をつかむような話になっちまいましたね。

あっ、そうだ。例の喪中のはがきはどうなりました? あれについても、一子さんにきいてみたんでしょう」

「もちろん質問してもらいましたが、『まったく身に覚えがない』という返事だったそうです」

捜査が振り出しに戻り、刑事の顔に明らかな疲労の色が浮かんでいた。

「それはそうと……実は、刑事さんの顔を見て思い出しました。これを、師匠にお渡ししないといけなかったんです」

てっ橋が手提げ袋の中から、新聞の折り込み広告に包んだ長方形の物体を取り出す。

「ん？　何だね、これは」

「禽語楼小さん師匠の全集の第一巻です。刑事さんの許可を得て、文六師匠の部屋からお預かりしてきました」

「ああ、そうだったのかい。貸した相手があんなことになっちまったんで、しばらくは戻らないものと諦めていたが……本屋ではもう手に入らないから、助かりましたよ。ありがとうございます」

師匠が平林刑事の配慮に感謝して、頭を下げる。元弟子の刑事はしきりに恐縮していた。

「近頃はあまり感心しない高座も多かったけれど、あたしからこんな本を借りるってことは、心中には期するものがあったんだろうね」

包みを開け、師匠が何気なく頁《ページ》をめくる。

「高座への復帰が叶うといいんだけど……おや？　何だね、こいつは」

本の厚みの中ほどに一枚のはがきが挟まっていた。古はがきを栞《しおり》代わりにすることはよくあるが、驚いたことに、出てきたのは今年のお年玉つき年賀はがきだった。

しかも、書き損じではない。年賀状だから消印はないものの、ちゃんと住所と『花翁亭文六様』と宛名が書かれていた。表には差出人の名がなかったが、筆跡から推して、どうやら女性らしい。

「あれえ？　変ですねえ」

意外な展開に、てっ橋が首を傾げる。

「私がその本を見つけたのは二日の午後一時半過ぎですが、その時点で文六師匠の家にはまだ年賀状が届いていなかったはずです。そうですよね、刑事さん」

「え、ええ。その通りです」

平林刑事も困惑している様子だった。

「大切な点なので、おかみさんに確認しましたが、文六師匠の家の場合、元日に年賀状の配達はなく、二日の午後三時頃、私たちが二階を調べている最中にやっと二十枚ほど届きました。まさか、てっ橋さん、あの中から一枚抜いて、ここに挟んだりしましたか？」

「冗談はよしてください。そんなことするはずないじゃありませんか」

「まあまあ、二人とも。議論するよりも、誰から来たのかがわかれば、白黒はっきりするかもしれないよ」

問題のはがきを裏返す。次の瞬間、冷静な師匠にしては珍しく、口から低いうなり声が漏れた。

ただし、三日前に見つかったものとは違い、脅迫じみた内容など書かれてはいない。表書きと同じ筆跡で、文面は以下の通り。

『謹んで新年のお慶びを申し上げます。

毎月お忘れなくお振り込みいただき、ありがとうございます。お陰様で、娘も大学で懸命に学業に励んでおります。

どうか、ますますのご活躍を。

安田志波』

（これは……い、一体、どういうことだ？）

てっ橋は軽いめまいを覚えた。

（喜仙師匠の新たな証言がもし正しければ、志波さんが例のミカン女のはず……その当の本人が、なぜこんな文面の年賀状を文六師匠宛に出したんだ？）

「あのう、これはあえて申し上げる情報ではないと思ったので、黙っていましたが」

頭が混乱しきっているところに、平林刑事がさらに追い討ちをかける。

「差出人である安田……これは旧姓です。安田志波さんは、昨年の八月に心臓の病気でお亡くなりになっています」

「ええっ？　どうして、それをご存じなんですか。ずっと行方知れずだったんでしょう」

「行方不明というのは文六師匠の側でそう思っていただけで、一子さんの場合とは違い、かなり以前に住民票は現在の住所へ移されていました。詳しくお話しする必要はないでしょうが、お住まいは関西の方でした」

「ああ、そうだったのですか。ということは、このはがきを書いたのは、ゆ、幽霊……⁉」

背筋を、冷たいものが這い上がってくる。

「そんな、まさか、師匠お得意の怪談噺なら、いざしらず……」

「おはようございます。郵便局です」

その時、玄関で声がして、坊主頭の男の子がひょいと顔を出した。一見して、高校生のアルバイトだとわかる。

「年賀状をお届けに伺いました」

「おや、そうかい。寒い中、ご苦労様」

畳の上に置いていった輪ゴムで止めた束を、師匠が手を伸ばして取る。それが可能なくらい、狭い家なのだ。

「車に気をつけてお行きよ。今日からは往来が激しくなるから」

郵政省には批判的でも、学生アルバイトにはやさしい。このあたりが江戸っ子気質《かたぎ》だ。

「今日は結構来たねえ。はがきを買っておかなくちゃいけないなあ」

この師匠の場合、自分自身は年賀状を出さず、届いた年賀状については、『立春大吉』と書いた寒中見舞いを節分に出す。他人とは違う時期に投函すれば、配達をする郵便局員に過剰な負担をかけずに済むというのがその理由だった。

　次々に引っくり返しながら眺めていたが、ふとその手が止まり、顔を近づけて、一枚にじっと見入る。

「どうかされましたか、師匠」

「これ、文六さんからだ」

「えっ……ああ。それは、まあ、去年のうちに出したんでしょうから」

　手に取ってみると、印刷屋に頼んだらしく、『謹賀新年』の文字と干支のヒツジの絵、年号に住所と名前。さらにブルーブラックのインクの手書きで、『本年もどうかご指導・ご鞭撻《べんたつ》のほどをお願い申し上げます』とあった。

　子細に観察してみたが、不審な点は何もない。ところが、稲荷町の師匠はいわくありげな含み笑いをすると、

「いやあ、驚いたねえ。こんなことがあるんだ。ん？　二人《ふたあり》とも、わからないかね。じゃあ、こっちと見比べてごらん」

　本に挟まっていたはがきと二枚、表にして机の上に並べる。

（これらが、何だというんだろう？　筆跡だって、まるで違う。片方は明らかに女の手だし、もう片方は荒々しい男の……）

　考えているうちに、すぐ隣りで平林刑事が「あっ！」と叫ぶ。

ぎょっとして見ると、憑かれたような眼で唇を震わせている。さすがはプロだけに、何

かに気づいたらしい。

（そんなこと言われたって、俺には何も……）

「謎が解けたよ。いやあ、奇抜なもんだねえ」

稲荷町の師匠が眼鏡を外し、子供のように無邪気な笑顔を見せる。『奇抜』というのは師匠独特の言い回しだが、『不思議』『不可解』という意味である。

そして、しきりに首をひねっているてっ橋に向かって、

「お前、まだ合点がいかないのかい。だったら、祝儀袋の一件を思い出してごらん」

「祝儀袋……？　というと、喜仙師匠のですか」

「ああ。理屈はあれと同《おんな》じさ。よおく考えれば、必ず得心するはずだよ」

18

「……へえ。そりゃ、すげえな。確かに『実に奇抜だ』としか言いようがねえや」

観音裏のいつもの飲み屋。てっ橋の説明を途中まで聞いた馬八兄さんはチューハイのグラスを片手に、しきりに感心をした。翌日の土曜日。時刻は午後十一時を過ぎている。

「しかし、よくそこまで……そもそも、喜仙師匠の祝儀袋の一件だって、ちょいと聞いただけで真相を見抜いちまったんだろう。まるでベーカー街ならぬ稲荷町のシャーロック・

ホームズだね。俺にはとてもそんな芸当はできねえぜ」

「ええ。もちろん、私もです。喜仙師匠に叱られた時、真剣に考えてみましたが、まるで気づきませんでした。まさか、師匠のおかみさんがお札の番号まで見ていたなんて」

尾沢さんという名前のお旦の職業が何なのかは知らないが、ごく几帳面な性格であることは間違いない。芸人に祝儀を出す時、わざわざ銀行に足を運び、ピン札を入手して祝儀を包むのだから、相当なものだ。

ということは、五万円の祝儀ならば、当然五枚の札が続き番号になっている。喜仙師匠はそこから二万円抜く際、端から取ればよかったのに、何気なく真ん中の二枚を引き抜いたために、おかみさんに見抜かれてしまったのだ。

「例の年賀状についても、理屈は同じだ。関西地方に住んでいる安田志波さんが文六師匠に出したはがきの懸賞番号と、文六師匠が稲荷町へ送ったはがきの番号がたった十二番しか離れてないってんだから、事実関係は明らかだ。文六師匠が志波さんの年賀状の代書をしていた。毎月、女房から金をせしめるためにな」

「まだそこまでは説明していませんでしたが……兄さん、さすがですね」

最初の妻である志波さんが産んだ千枝さんという娘の養育費を、文六師匠が毎月きちんきちんと振り込んでいる。てっ橋はそう聞いていたが、それはあくまでも表向きの話で、実際には振り込んだように装い、その分の金を女房からカスっていたのだ。

稲荷町の師匠がテーブルの上にはがきを二枚、表にして並べ、『祝儀袋の件を思い出せ』と言った時、てっ橋はいくら考えてもわからなかったが、お札と年賀はがきの共通点は表にナンバーが振ってあることだ。

「それにしても、全逓労組とやらも罪なことをしたもんだよな。やつらがストなんぞやらず、文六師匠の家にちゃんと元日に年賀状が届いてさえいれば、雅代さんは何も気づかず、あと一年無事に過ごせたはずなのに」

「恐れ入りました。何もかもすべてお見通しで、あたしごときが説明する必要はありませんね」

この件に関する経緯は以下の通りだ。

養育費の支払いを疑われないように、文六師匠は一年に一度、最初の妻である志波さんから自分宛の年賀状を偽造し、雅代さんの目に触れるよう、わざと仕向けてきた。自分の筆跡ではすぐにばれるから、知り合いの女芸人あたりに文面を伝え、書かせていたと考えられる。その際、郵便局などへは行かず、自宅に届いた束に紛れ込ませることが多かったのだろう。年賀状にはいちいち消印を押さないから、不自然に思われる心配はない。

調べてみて判明したことだが、雅代さんは今年の元日の早朝から用事があって出かけ、戻ってきたのは夜だった。事前にその予定を聞いていたから、文六師匠は寄席へ出かける時、玄関脇のポストへ偽装はがきを放り込んでおいたのだ。

普段の年ならば、日中、その上に大量の年賀はがきが重なるが、今年に限っては、ストのおかげで一枚も届かなかったため、雅代さんに不審を抱かれ、これまでの悪事がすべて露見してしまったわけだ。

何しろ十年以上ずっとだまされていたわけだから、雅代さんは激怒し、深夜帰宅した亭主をつかまえて、厳しく問いただした。これに対し、文六師匠は『知らぬ存ぜぬ』で押し通そうとしたらしいが、動かぬ証拠を突きつけられては、どうにも分が悪い。

とりあえず二階へ逃げ込み、女房から奪った問題のはがきを禽語楼全集に挟み込んで隠し、ほとぼりを冷ますため、もう一度外へ飲みに出かけようとした。

けれども、怒りの収まらない雅代さんがそのあとを追い……そこから先はよくわからないが、路上で口論し、もみ合っているうちに、泥酔している夫を突き飛ばしてしまい、師匠がブロック塀に頭を強打した。おそらく、事実はそんなところだろう。平林刑事からも、雅代さんが供述を始めたことは聞いていた。

「あのな、てっ橋。俺が何もかもお見通しなんて、とんでもねえ買い被りだぜ」

グラスを傾けながら、馬八兄さんが言った。

「まだわからねえことがいくらもある。まず、あれだけ年末に大騒ぎしてたってのに、文六師匠はなぜストライキのことを知らなかった……でなけりゃ、忘れちまったんだろう。それと、おかみさんの方も、どうして警察に正直に事実を打ち明けなかったんだろうな。

過失致死罪なら、たとえ有罪になったとしても、間違いなく執行猶予がつくはずだぜ」

「ごもっともです。だから、その点をこれからご説明しようと思っていたのですが……」

思わず言葉に詰まり、口からため息が漏れてしまう。

「世の中、歯車が一つ狂うと、とめどがなくなっちまうという見本みたいな話でしてねえ。兄さんが今おっしゃった疑問、両方とも答えは一つなんです」

「ふうん。一体、何があったんだ？」

「借金ですよ。それも、この上はないってほど、たちの悪い借金だったらしいです」

「たちがよくねえってことは……博打の借りか」

「その通りです」

「そうか。やっぱりな」

カウンターにグラスを置いた馬八兄さんが、唇をすぼめるようにして、微かにうなる。

「噂は聞いてたんだ。俺なんぞが大先輩に忠告できるはずもねえから、黙っていたが、文六師匠、やくざと打ってたのか。借金で首が回らなくなり、毎日のように脅かされてたんじゃ、世間のニュースなんぞ、馬の耳にナントヤラだよなあ」

19

『飲む、打つ、買うは男の三道楽煩悩』などと悟ったような顔をして高座で話す落語家の中にもギャンブル好きは数多く、その借金が原因で廃業した者もいるし、自殺してしまったという噂まで聞いている。文六師匠の博打好きは有名だが、そこまで追い込まれていたとは知らなかった。

「俺も麻雀くらい、時には打つが、やくざを相手にしたらおしめえさ。向こうは商売人。逆立ちしたって勝ち目はねえ。すると、師匠のおかみさんが警察をだまそうとしたのも、自分が原因で亭主が死んだんじゃ、保険金が下りないと思ったからだな。つまり、女房もやくざに脅されていたわけだ」

「ご明察です。そもそも、三百万の生命保険というのも、脅迫されて、無理やり加入させられたらしいです。たぶん、それが借金の総額なんでしょうね。だから、真実を警察に話して罪が軽くなったとしても、金が手に入らなければやくざに追い回される。連中は借り主である亭主が死んだからって、情け容赦なんぞしませんから」

「怖くなって、嘘をつきたくなるのも無理はねえなあ。ところで……すっかり忘れてたが、例の喪中のはがきを書いたのは誰なんだ？　やっぱり、文六師匠か」

「いいえ。そうじゃありません」

てっ橋は安堵《あんど》した。馬八兄さんでも、たまにはわからないことがあるらしい。

「その件に関しては、師匠は無関係です。嫌がらせのためにあんなことをしたのは安田千枝さんでした」

「ははあ。去年の夏、おっ母《か》さんが亡くなったそうだから、暮れ近くなり、喪中のはがきを発送する時、自分と母親を見捨てた文六さんに石返しがしたくなったんだな」

正しくは『仕返し』という意味の『意趣返し《いしゅがえし》』だが、それをもじった『石返し』という落語があるのだ。

「母親から芸名さえ聞いていれば、住所くらい、いくらでも調べようがありますからね。父親だけにはあんなはがきを送ったってわけでしょう」

「なるほど。で、そこに、雅代さんが『二』と書き入れ、刑事に見せたのか」

馬八兄さんがにやりと笑った。

「最初《はな》は、そんな画策をする気はなかったんだろうが、林家さだ吉師匠が『初天神』の珍解釈を披露するわ、喜仙師匠は喜仙師匠で『先の先のかみさん』と『先のかみさん』を取り違えるわで……早い話、自分の都合よく、捜査の矛先《ほこさき》がずれているのを知って、つい出来心を起こしたってわけだ」

「はい。『二』なんて字に筆跡も何もありませんから、それで『一子』さんに疑いが向くのなら……とっさにそう思ったんでしょう。湯飲みを片づけにわざわざ台所へ運びましたが、あれは例の喪中はがきを取りに行ったのですね」

「じゃあ、問題の喪中はがきを見て、文六さんが『何かあったな』と思い、娘を捜し出して会ったってわけだな」

「えっ？　い、いや、確かに、そうですが……」

てつ橋は驚き、しばらく絶句してしまった。そんな様子を、兄さんはさもうれしそうに眺めている。

「でも、どうして、そこまで……誰かにお聞きになりましたか？」

「何も聞いちゃいねえさ。理屈で考えれば、そうなるもの」

「ええと、それは、なぜ……？」

「喜仙師匠が志波さんの写真を見て、『今度は間違いない』と言ったってんだろう。だったら、他人の空似とは思えねえ。そこから、ミカン女は安田千枝さんではと考えたのさ」

「いや、これは、驚きました。完全に脱帽です」

平林刑事から情報を得ていたから、今日に限っては自分の方が優位に立ててると思ったが、とんでもないうぬぼれだった。馬八兄さんの洞察力の鋭さにはかなわない。

十九年ぶりに父娘《おやこ》の対面を果たし、当座は千枝さんの方が文六師匠に強く反発していたが、父親の真剣な謝罪を受けて態度を軟化させ、その後は良好な関係となった。

平林刑事の話によれば、千枝さんは高校を卒業後、舞台女優を目指して、現在は養成所に通っている。『大学に進学した』というはがきの文面はもちろん嘘だ。長年高座を務めてきた関係で、文六師匠には演劇関係の知人が大勢いて、そういった人たちを交えて語り合ううちに、急速にわだかまりが溶けていったらしい。

「では、兄さんに、逆に伺いたいことがあります。千枝さんが高座の文六師匠にミカンを投げつけたのは師匠の仕込みだった。それは間違いなさそうですが、動機は何だったんでしょう？　その点については、平林刑事もまるで見当がつかない様子でした。千枝さんから直接話が聞ければすぐですが、二、三日前から旅行に出かけ、まだ帰ってきていないそうなのです」

「ああ、その件か。そりゃ、どうってこともねえ」

兄さんは箸を取り、お通しのイカニンジンをつまむ。細く切ったスルメとニンジンを醤油とみりんに漬け込んだものだが、ほかの店ではあまり見かけなかった。

「早い話が『宮戸川』さ」

「はい……？」

事もなげにそう言われ、てっ橋は戸惑った。

「ミヤ、トガワって……あの、お花と半七が出てくる『宮戸川』ですか」

「そうさ。あの噺の中で、呑み込み久太が甥っ子を叱る場面があるだろう。『どうせまた、将棋で親をしくじってきたんだろう。まったくだらしのねえやつだ』。その先は？」

「その台詞の続き、ですか？　それは……」

もちネタではないものの、東橋師匠の十八番で、元日にも高座を聞いたばかりだ。

「ええと、あの、思い出しました。『だらしのねえやつだ。どうせしくじるんなら、女で、いいいい。その方がよっぽど外聞がいいや』……えっ？　じゃあ、あの……」

てっ橋は思わずはっとなった。

「兄さん、ひょっとして文六師匠は、自分の実の娘を『痴話喧嘩しているワケアリの女』に仕立て、周囲の噂にするつもりだったんですか？」

「間違いねえだろうな。俺の考えだが、文六師匠が神楽坂の寄席をダンマリで抜くはめになった理由も、ちょうどその頃、やくざ者に拉致《らち》されていたからじゃねえかと思う」

「ああ、なるほど。充分あり得る話ですね」

「そんな理由で寄席をしくじるってのは、いくら何でも外聞《げえぶん》が悪《わり》いだろう」

「それで、仕込みを……プライドの高い人でしたから、耐えられなかったんでしょうね」

「おいおい。『でした』はよせよ。まだ意識は戻らねえが、高座へ復帰する可能性は残っているんだぜ」

「あっ、その通りです！　申し訳ありません」

「俺に謝ったって始まらねえさ。それよりも、前にここで飲んだ時、今の話はしたつもり……いや、しようとした時、じゃまが入ったのか」

『じゃま』というのは、異変を知らせる東橋師匠からの電話を指している。

「普段は演らねえ件《くだり》を珍しく演って、その中にミ、カ、ン、を売ってる店が出てきたんだろう。その直後に客席から投げ入れられたと聞けば、『ひょっとしたら、仕込みでは』と勘ぐりたくもなるじゃねえか。『ミカンと言ったのが、投げ込む合図だったのでは』とな」

「あれは……そういう意味だったのですか」

てっ橋はそこを完全に誤解し、心の中で、平林刑事が唱える『初天神』にまつわる珍説の補強材料にしてしまっていた。

「それにしても、稲荷町の師匠は博学の上に、名探偵でもあったんだな。お前の話を聞いて、仰天したぜ」

いつの間にか、馬八兄さんは日本酒の冷やに切り換えていた。

木の枡の隅にちょいと塩を載せ、うまそうにすすってから、

「確かに、それくらいの推理力がねえと、あそこまで緻密な噺の構成はできねえな。俺も少しはあやかりてえ、蚊帳《かや》吊りてえだよ」

その言葉を聞いて、てっ橋は苦笑した。『あやかりたい』と言っている本人がこれまた、かなりの名探偵なのだが、そういう自覚は皆無らしい。ちなみに『あやかりたい、蚊帳吊りたい』は前座噺の『子ほめ』に出てくるクスグリだ。

（それに比べると、俺なんぞはあまりにも凡人……いや、比べたって始まらねえな。頭の構造が根本から違っているんだから）

心の中でつぶやきながら、てっ橋は自分も日本酒を注文した。

幕間

「ええと、同じお酒、もう一本、熱くしてください」

「へい。承知いたしました」

「親父さん、どうやら降り出しちゃったみたいですよ」

「えっ……？　ははあ、なるほど」

通りを車が通る度に、ヘッドライトの明かりがガラス戸を白く照らすのだが、いつの間にか、まるで虫食いのような黒い斑点が出現していた。

「しかも、だいぶ大粒だ。どうりで佐々木さんのあと、客が続かないわけですよ」

「佐々木二号のあと、三号、四号、五号と続けばいいんですけどね」

「うふふ。まあ、そういうわけにも……へい。熱燗《あつかん》、お待ち遠さまでした」

「ええと、イワシを握ってもらえますか」

「へい、イワシね。うちはショウガと青ネギを載せるんですけど、それとも、ワサビにしますか」

「ああ。せっかくですけど、僕はワサビの方が好きだから」

「いえ、お好みで結構です。少々お待ちください。いえね、うちの紘華もイワシの握りが大好きなんですよ」

「えっ、そうなの。イワシそのものじゃなくて、イワシの握りが……？」

「はい。もちろんワサビは抜きますがね」

「それにしても……ずいぶん変わってるなあ、それは。僕も寿司を食いながら酒を飲むのが大好きで、よく変だと言われますけど、握り寿司が好きだなんて、ちょっと考えられませんね」

「へい。イワシ、お待ち。あのう、気持ちよくお酔いになってるようですけど、最初《はな》の約束はどうしましょうか」

「約束？　ええと……何でしたっけね」

「忘れちまったんですか。だったら、言い出すんじゃなかった」

取り上げた湯飲みを宙で止めて、主が苦笑する。酒が入ったせいで、頬のあたりが赤みを帯びていた。

「あたしが噺家を辞めたいきさつを、お聞きになりたかったんじゃないんですか」

「あ……ああ、そうそう。そうでした」

イワシの脂を燗酒で流していた客があわててうなずく。

「まあ、もし差し支えがなかったら、ですけど」

「別にかまいませんよ。もう四十《しじゅう》年近く昔の話になっちまいましたから。あたしの最後の高座は昭和五十四年の二月七日、神楽坂の寄席でした」

「へえ。よく覚えていらっしゃいますね」

「たとえ親の命日は忘れても、この日と売春禁止法施行の日だけは忘れません」

「売春禁止法は冗談でしょうけど……で、お演りになった噺は？」

「『浮世床《うきよどこ》』でした。さんざん演りそこなったあげく、引っ込む途中で転んじまって、そのまま袖まで這《は》ったんです。まあ、あたしみてえな半端な噺家にとっちゃ、分相応な消え方でしたよ」

「這って、消えた？　そりゃ、また、ずいぶん……でも、なぜそんなことになってしまったんですか」

「そこんとこをこれからお話ししようかと……じゃあ、いよいよウニを握りましょうか」

「いや、ウニはちょっと……ええと、その前に、そこの招き猫の脇に写真が飾られてますよねえ。端のところに写っているのは親父さんですか」

「猫の脇……ああ、あれね」

　カウンターの奥の壁はほぼ食器棚で覆われていたが、一番右のところに別の小さな棚が吊られていた。載っていたのは左手を上げた白い招き猫だが、その陰に半分隠れるようにして、茶色い枠の写真立てが置かれていた。

「別に隠そうってわけじゃないんですけど、あんまり目立つのもどうかなと思いましてね。ご覧になりますか」

主が下駄の音を鳴らしながら歩いて、写真立てを取り、戻ってくる。

手渡されたものに視線を落とすと、そこには三人……いや、四人の人物が写っていた。黒の略礼服を着た男性と黒留袖《くろとめそで》の女性。そして、もう一人、ピンクのワンピースを着た若い女性がいて、彼女の腕に赤ん坊が抱かれていた。

白羽二重《しろはぶたえ》の肌着の上に友禅《ゆうぜん》模様の掛け着をしている。背後に賽銭箱《さいせんばこ》と注連縄《しめなわ》、そして拝殿らしきものが見えるから、宮参りの際に撮影されたものだろう。

「ふうん。これ……この黒い洋服着てるのが親父さん？」

「きかないと、わかりませんかねえ。今から十年前の写真だが、顔を見間違えるほどは変わってねえつもりなんだけど」

「あっ、これは失礼。いやあ、渋くて、いい男じゃないですか。で、隣りにいるのが、もしかして奥様ですか」

「そうです」

「へえ、美人ですねえ！　面長で色白で、眼がぱっちりしてて。それに若いですよ。十年前なら、親父さんが還暦……奥様の方はせいぜい四十二、三かな。一体どうやって、こんな別嬪《べっぴん》をつかまえたんです？」

「ウニは普通の握りと軍艦と、どっちがお好みですか」

「いえ、あの……今の質問は取り消します。あとは、親父さんのお嬢さん。ふうん。どちらかというと、父親似ですね。板倉さんに似て、きりっとした顔立ちですよ」

「いい赤貝がありますけど、サービスで握りましょうか」

「ありがとうございます。しかし、この赤ん坊を抱いている娘さん……ああ、恵美《めぐみ》さんというお名前なんですね。写真の下に書いてあった。こちらも若いですねえ。二十歳くらいでしょう」

「いえ、恵美が紘華を産んだのは二十二の時です」

「えっ？　お嬢さんが紘華ちゃんを産んだって……」

「驚くことはないでしょう。早い話、佐々木さんといっしょですよ」

「僕と一緒？　ますます、意味がわかりませんが」

「だから……まあ、そろそろ脅かすのはやめにして、さっきの質問にお答えしますよ。うちの女房は若い頃から病弱で、この写真を撮った半年後、癌で亡くなっちまったんです。そして、三年後、今度は娘の恵美が夫婦別れをしましてね、紘華を連れて、この家へ出戻ってきました。

　別れた亭主は娘より十一も年が行ってるくせに、ろくに働きもしねえで、その上、酒乱。後腐れなく離婚できたし、内孫はできたしで、あたしはむしろ喜んだくらいだったんですがね。ところが、紘華が小学校に入学する直前、恵美が『つき合っている男がいて、再婚する。二歳下で商社に勤めているが、仕事の都合で、近々福岡《ふくおか》へ引っ越すことになるから』って言い出したんです。ねえ、佐々木二号さん、よりにもよって九州ですよ！」

「え……あ、ああ、そうか。だから、僕と一緒とおっしゃったんですね。あははは。こりゃ、気づかなかったなあ」

「へい。赤貝の握り、お待ち！　娘の器量をほめてくださったんで、心ばかりですが」

「申し訳ありません。何だか、まるで落語の『子ほめ』みたいな……そうか。思い出しました」

まだカウンターの上にあった写真立てに目を留めながら、客がうなずいた。

「写真といえば、稲荷町の師匠以外にはほとんど演り手のない、珍しい噺がありましたよね。ええと、たしか、写真の……」

「『写真の仇討《あだう》ち』ですか」

「そうそう、それだ。僕はあの噺が大好きなんです。前半で中国の故事を引きますけど、あのあたりの風格というか、味は、他の噺家さんにはまねができなかったですよねえ」

第二話　「写真の仇討ち」から「浮世床」

1

「いやあ、まいったぜ。野暮用がなかなか終わんなくて……で、どうした？　稲荷町はもう高座に上がられたのか」

神楽坂倶楽部の楽屋へ大あわてで駆け込んだてっ橋が、立前座の松葉家ごん吉にきいた。

「はい。十分ほど前に」

「……そうか。そりゃ、ちょいと、まずかったなあ」

壁の柱時計を見ると、四時十四分。昼の部の打ち出しの予定時刻は午後四時半である。

「まあ、やっちまったことはしょうがねえ。おい、ごん吉。師匠が上がった一分後に俺がやってきたと、あとで、口裏合わせを頼むぜ」

「へいへい。承知いたしました」

楽屋の隅でネタ帳をつけていたごん吉は、二つ返事でアリバイ工作を請け負う。『ネタ帳』は各出演者の演目をすべて記した帳面のことである。

ごん吉は座り机に向かいながら、

「兄さんからのお頼みでしたら、たとえ背中を鉈《なた》で叩き割られて鉛《なまり》の熱湯を注ぎ込まれましても、決して口を割るような不始末は――」

「大仰《おおぎょう》なこと言うな！　そのうち、天丼の一杯くれえはおごってやるよ。まあ、とにかく、これで一安心だな」

今日は節分。暦の上ではもう春だが、昨日から近畿や東海地方は大雪になり、東京の都心でも五センチほど積もった。

この芝居、てっ橋の出番は夜の部のサラクチ、つまり前座の次だが、初日から早めに楽屋入りし、昼の部のトリを聞いていた。せめてそれくらいしないと、神楽坂の席亭代理に口を利いてくれた稲荷町の師匠に義理が悪いと考えたのだが、昨夜の深酒のせいで、早くも三日めに挫折してしまった。

二間続きのうち、奥の壁際に座り、一番若い前座の歌太が運んできたお茶を受け取る。楽屋で働いている前座の顔ぶれは芝居ごとに変わるが、今回はローテーションの加減なのか、先々月の中席と同じだった。

熱い緑茶をすすりながら、モニター画面に注目する。何の噺をかけているか、確かめておこうと思ったのだ。土曜日ということもあり、先ほどから何度も大きな笑い声が聞こえていた。

黒紋付きの着物に袴を着けた稲荷町の師匠は普段通りのゆったりとした口調で、

「『……ねえ、叔父さん、あたくしはその女に月々多額の金を貢いでおりましたが、それなのに裏切られた。もう我慢ができません。あいつを一突きに刺し殺し、その場で腹ぁ十文字にかき切って、死んでしまいます。それがために、お暇乞《いとまご》いにあがりました』

『そうかい。いやあ、よくわかったよ、信次郎《しんじろう》。お前《まい》がそう決心したのなら、もう止めやしないけれども……ただねえ、話は違うが、あたしは浅草の観音様に月に一度はお参りに行くんだ。すると、本堂の天井にたくさん額が上がっていて、その中に晋《しん》の予譲《よじょう》の故事を描いたのがあるがねえ。お前、知ってるかい？』」

（……へえ。珍しいなあ。『写真の仇討ち』だ。ずいぶん久しぶりに聞くぜ）

演目名に『写真』という単語が含まれていることでわかる通り、この落語の舞台は明治である。詳しい由来は知らないが、文明開化の時代に誰かがこしらえた新作だろう。十五年ほど前に亡くなった先代の三遊亭円歌《えんか》師匠も演ったそうだが、てっ橋は聞いていない。現在はほかに演る人もなく、かなりの珍品だった。

女にだまされ、袖にされて、無理心中を決意した甥《おい》を宥《なだ》めようと、相談された叔父は中国の故事をもち出す。

趙襄子《ちょうじょうし》に滅ぼされた智伯《ちはく》の家来である予譲は主人の敵《かたき》を討とうとして捕らえられたが、命を助けられる。すると、予譲は再び仇討ちを計画し、乞食《こじき》の姿になって橋の下に身を潜め、上を通る敵を刺し殺そうとしたが、今度は気配を感じ取った名馬が前へ進もうとしないためにあやしまれ、発見されて、趙襄子の前へ引き据えられてしまう。

「『おい、予譲、お前はなぜわしの命をそう度々狙うのだ?』

『はい。主人・智伯の仇《あだ》を報ぜんがためでございます』

『それは妙な話だな。元を正せば、お前は范《はん》氏の家来。范氏が智伯に滅ぼされた時、虜《とりこ》になって、それからのちに随身《ずいしん》をした。してみると、わしが智伯を滅ぼしたのは、お前の元の主人である范氏の仇を討ったようなものではないか。それなのに、このわしだけをつけ狙うというのは、どうも腑に落ちんが――』」

「いやあ、まいった! 東京へ戻ろうにも、昨夜《ゆんべ》から新幹線がまるっきり動かねえんだもの」

あわただしくやってきたのは山桜亭馬八師匠。一昨日から仕事で名古屋に行き、向こうで大雪に遭遇したらしい。

「茹《う》でた卵じゃあるめえし、かえらないいなんてシャレにならねえぜ、まったく」

靴をぬぎながらそうぼやくのを聞いて、てっ橋はつい吹き出しそうになってしまった。

『帰る』と『孵《かえ》る』をかけた、いわゆる『見立て言葉』で、楽屋での会話にはこれが頻出するが、それにしても、うまいことを言う。

苦しいことや悲しいことを吐き出す際、必ず一ひねりするのは噺家の習性……というより、誰もがもっている見栄《みえ》なのだった。

2

「まあ、大雪は天のなす災いだから、かまわねえかとも思ったんだが、ほら、お前も知っての通り、こちとらは根が真面目ときてるだろう」

楽屋に入ってきた馬八兄さんが、手前の部屋の壁際であぐらをかく。いくら人気者とはいえ、まだ若いので、テーブルの周囲には遠慮して近寄らない。てっ橋も立ち上がり、モニターの音量を絞ってから、そばまで行った。

「まるっきり抜いちまうのも気が差すぜ。昼のクイツキは無理でも、夜の二、三本めになら行けるから、適当に放り込んでくれと頼んだんだ。このあと、神田へ行くから、それより遅い時刻には上がれねえしな」

寄席興行で、中入り直後の出番を『食いつき』と呼び、若手が務めるのが慣例になっていたが、それには間に合わないため、出番を交換したというわけだ。この兄さん、口では乱暴なことをよく言うが、人柄は律義そのものである。

今日の服装はタートルネックの白いセーターに黒の革ジャン、紺のスラックス。一見、地味なこしらえだが、ジャンパーの裏地が真っ赤で、ゆったり羽織るとそれが見え、実に格好がいい。売れっ子らしく、着るものには相当金をかけていた。

　前座が運んできたお茶で喉を潤し、一息ついたところで、

「それはそうと……文六師匠、だいぶ口が回るようになったそうじゃねえか」

「はい。その話を聞いて、私もほっとしました。何しろ、一時は命も危ぶまれたのですから、本当によかったですよ」

　元日の夜に起きた例の事件で頭に大けがをし、現在も入院中の花翁亭文六師匠の容体についてである。あのあと、とりあえず生命の危機は脱し、初席の楽日《らくび》である一月十日には意識が戻ったのだが、その後しばらく、会話をすることができなかった。

　原因が脳の損傷なのか、あるいは精神的ショックによる失語症なのか、医者にも判断できず、ずいぶん周囲を心配させたが、二週間ほど前から、少しずつ話ができるようになった。現在では、元通りとまではいかないものの、日常会話にはほぼ不自由がなくなったと聞いている。

「見舞いに行った連中の話によると、しきりに『雅代はどうした？　お前、知らないかい』ときいてくるんだそうです。どうやら、あの晩のことは何も覚えていないみたいでして……」

「そりゃ、尋ねられた方も弱るよな。まさか、そっくりそのまま喋るわけにはいかねえもの」

文六師匠の妻である雅代さんは、すでに逮捕・起訴されているため、病院での付き添いは務まらず、栃木県宇都宮《うつのみや》市にいる師匠の姉さんが週に二、三度上京し、面倒をみていると聞いた。

平林刑事の話によると、偶発的な要素が強いケースなので、事件後すぐに救急車を呼び、自首していれば微罪で済んだのだが、隠蔽《いんぺい》しようとした分、罪が重くなってしまったらしい。

「まあ、何もかも一件落着というわけにはいきませんが、文六師匠の快復が順調なのは何よりです」

陰ではずっと『アブラサシ』と呼んできたが、入院後、そのあだ名は封印していた。

「この分で行くと、ここの高座でもう一度落語を演れる日もそんなに遠くないかもしれませんね」

「いや、噺なら、ずっと演ってたそうだぜ」

「えっ？　どういうことですか」

「実は、これ、福遊《ふくゆう》師匠から聞いたんだが……」

眉間に軽くしわを寄せながら、兄さんが言った。寿笑亭《じゅしょうてい》福遊師匠は協会内でも屈指の実力者だが、文六師匠とは同年輩で、個人的にも親しい。その福遊師匠が先月の半ば、見舞いに行ったところ、四人部屋の病室へ足を踏み入れると同時に、文六師匠のつぶやく声が耳へ飛び込んできた。

『おっ、快復したらしいな』と喜び、カーテンを開いてみると、ベッドの上の師匠は眠っていて、寝言を口にしていたという。

「へえ。寝言だったのですか」

「うん。『タコが、タコが』としきりに言っていたそうだ」

「タコ……？　酢ダコでも食いたかったんですかね」

「ばか。上げる方の凧だよ。決まってるだろう」

「ああ、そっちでしたか。ただ、そうに決まっているというのは……」

「考えてもみろよ。あの師匠がここの高座で最後に演った噺は何だ？」

「だから、『初天神』……ああっ！　そ、そういうことだったのですか」

意外な事実を明かされ、てっ橋は強い衝撃を受けた。

『初天神』の後半、息子の金坊に無理やり凧を買わされた熊五郎は昔取った杵柄とばかりに、自分でそれを上げ始める。

『どうでえ。値の張る凧は違うなあ。糸がどんどん延びるぞ』

『あの、お父つぁん、あたいにも凧を』

『うるせえなあ。子供は引っ込んでろい』

『だって、それ、あたいの凧じゃねえか』

耳元で、文六師匠の声が聞こえた。

「そうでしたか。あの時の『初天神』は途中までだったので、それで続きを……噺家の業《ごう》は深いですねえ」

「まったくだ。俺たちもあんな災難に遭わねえよう、気をつけねえとな。女ってやつは怖《こえ》えから……そうだ。お前、そっちの方は近頃どうなんだい」

「はい？　ああ、タレですか。掘り抜き井戸と同しで、金っ気《け》もなけりゃ、女っ気もありませんや」

「ふうん。だけど、前座の頃にはいたじゃねえか。師匠に隠れて逢い引きしてるのを見かけたことがあったぞ」

「い、いまさらそんな話を……勘弁してくださいよ、兄さん」

その瞬間、三年前に別れた美佐子《みさこ》の顔が脳裏に浮かんだが、感傷に浸ってはいられない。

楽屋の隅で、立前座のごん吉が聞き耳を立てているのだ。

「そんなことよりも……あっ、そうだ。兄さん、稲荷町のトリを聞かなくていいんですか。

今日は珍しく、『写真の仇討ち』ですよ」

「何だと？　おい、それを早く言えよ！」

演目名を聞いたとたん、馬八兄さんの顔色が変わった。

「俺だって、今までに数えるくらいしか聞いてねえんだぞ。知ってりゃ、すぐに……もう高座の袖は間に合わねえな」

舌打ちをした兄さんが隣りの部屋のモニター前へ走り、音量を上げる。

「『……お前だって、それだけ金を貢いだんだ。女の方から何かもらったものがあるだろう』

『いいえ、何もくれませんでした』

『何ももらってない？　それは困ったなあ』」

『写真の仇討ち』はいよいよ大詰め。故事の続きは、『自分を引き立て、出世させてくれた智伯の恩に報いたい』と言う予譲に感心した趙襄子は『自分に今、万一のことがあれば国が乱れてしまうから、三年経ったら討たれてやろう。それまではこれをわしだと思って恨みを晴らせ』と、着ていた衣《ころも》の片袖をもいで、放り投げてやる。

予譲が剣を抜き、それを貫くと、突いたところから血が滴《したた》ったが、その光景を見た趙襄子は人の一心の恐ろしさを悟り、三年も経たないうちに気病《きや》みで死んでしまう。つまり、恐ろしい計画を打ち明けられた叔父はその故事に倣《なら》い、甥の信次郎に恨みを晴らさせようと考えたのだ。

けれども、相手がよほどけちなのか、片袖はおろか、ハンカチ一枚もらっていない。それでは無理かと弱っていると、女の写真があると言う。

「『よし。そいつは好都合だ。ここに鎧通《よろいどお》しがある。切れるぞぉ。こいつを貸してやろう』

『ありがとうございます。へえ、これが……』」

右手で閉じた扇子の要《かなめ》近くを握り、横にして、左手で鞘《さや》を払う仕種をする。そして、それを縦に持ち直すが、度胸がないと見えて、その手がガタガタと震え出す。

「『はあ……あ、青白く光ってますね。こいつは、切れそうだ』

『そんなこと感心してないで、早くおやりよ』

『へい。わかりました。やりましょう』」

画面の中で、師匠は座布団の左前に置いた手ぬぐいを、右手に持った扇子の親骨の先で刺そうとする。

「『や、やい、小照《こてる》。よくも貴様、俺の目を盗んで、あんな男と一緒になりやがったな。人の顔に泥を塗りやがって……成敗してやるから、そう思え。思い知ったかぁ！』

『おおっ！　これは一心だ。写真から血が出た』

『いえ、叔父さん、あたくしが指を切ったんです』」

師匠が高座に両手をつき、お辞儀をすると同時に「ああ」と納得する声、笑いと拍手。

そして、太鼓が鳴り、高座の袖で前座が「ありがーとーございまーす」と叫んで、神楽坂倶楽部の昼の部が無事にハネた。

『写真の仇討ち』にはもう一つ『指切り』という演目名があり、稲荷町の師匠はこちらで演ることの方が多かった。

「……お前、おかしなタレに引っかかるんじゃねえぞ」

デテケデテケデテケという太鼓の音の中、馬八兄さんがてっ橋の耳元でささやいた。

「一生後悔するはめになるからな。いい女を探せよ。ほら、稲荷町が高座でよく言う都々《どど》逸《いつ》があるだろう。『夢でもいいから　もちたいものは　金のなる木といい女房』ってな」

3

「お先に失礼いたします！」

楽屋の入口で深々とお辞儀をし、踵《きびす》を返して、狭い通路へ。

足早に歩を進め、木戸口を通って表に出たが、そこで急に体の力が抜け、暗い路地をとぼとぼと歩き始める。

（……今日という今日は、しみじみ嫌になっちまったぜ。せっかく稲荷町が口を利いてくだすって、神楽坂の高座に上がれたってのに、得意にしている『まんこわ』をかけても、客席はクスリともしやしねえ）

『まんじゅうこわい』は、怖いものなしを自慢する熊公《くまこう》が唯一恐ろしいのが饅頭だと聞いた友達が、怖がらせてやろうと饅頭を大量に買い込み、逆にだまし取られてしまうというおなじみの噺である。

神楽坂倶楽部は、特別な興行以外は昼夜入れ替えなしだから、昼の部の客がかなりの人数残っていたが、稲荷町の『写真の仇討ち』では沸いていた客席がお通夜《つや》のように静まり返り、ものの見事に蹴られてしまった。

もちろん、ウケなかったのはてっ橋の芸が未熟なせいで、その証拠に、てっ橋の次に上がった馬八兄さんは、あわて者の引っ越し当日の失敗をおもしろおかしく描いた『粗忽《そこつ》の釘』を演じ、場内は爆笑の渦だった。

(俺も、あともう少しで三十三だ。ほかの世界なら立派に一本立ちできそうな年だってのに、『日増しの種』と同しで、芽が出ねえか)

兄さんのまねをして、見立て言葉で強がってみたが、空《むな》しさは増すばかり。神楽坂通りに出ると、北風がもろに吹きつけてきて、てっ橋は顔をしかめた。

ここから右方向に行けば、すぐに飯田橋の駅だが、何となく左へ折れる。神田紅梅亭に向かう馬八兄さんとは別れてしまったから、酒をねだる相手もいなかったのだ。

お洒落な兄さんとは大違いで、服装は着古したセーターとズボン、安物でペラペラのアノラック。みすぼらしいこと、この上ない。

講談の先生が高座で喋る蘊蓄《うんちく》によると、神楽坂の起源は江戸幕府三代将軍徳川家光《とくがわいえみつ》公の時代までさかのぼり、当時の呼び名は『牛込《うしごめ》御《ご》門通《もんどお》り』。それが現在の名前に変わった理由については諸説あるが、この近辺にはその昔、江戸三社の一つに数えられた赤城神社をはじめとして、若宮八幡《わかみやはちまん》神社、筑土《つくど》八幡神社など古い歴史をもつ神社が多かったため、そこかしこから神楽の音《ね》が聞こえるところから、神楽坂と呼ばれるようになったらしい。

道の両側はケヤキの並木で、居並んでいる店の中には伝統のある名店も多かった。

坂を上り始めてすぐに、左手に朱塗りの柱と黒い大屋根が見えた。開運や厄除けのご利《り》益《やく》で知られる鎮護山《ちんごさん》善國寺。宗旨は日蓮宗だが、ここも古くからの歴史を誇る名刹《めいさつ》で、鎮護国家の願いを込め、この寺の山号寺号を定めたのは神君家康《いえやす》公だそうだ。

普段は前を通っても軽く会釈をする程度だが、てっ橋はお賽銭を払い、参拝してみることにした。古くなった種でも、神頼み次第で芽が出るかもしれない。

すでに日が暮れていたが、境内《けいだい》には明かりがともされ、拝殿で両手を合わせる人の姿も見られた。

砂利を踏みながら歩み寄ると、石段の手前左右に一対の虎の石像があった。一般的な狛犬《こまいぬ》と同様、向かって右が阿形《あぎょう》で左が吽形《うんぎょう》。『石虎』が置かれている理由は、ご本尊である毘沙門天が寅の年、寅の日、寅の刻に降臨したという言い伝えがあるためだ。

常日頃は五円だが、百円のお賽銭を奮発し、両手を合わせて、芸の上達を祈念する。

そして、振り向きかけた時、馬八兄さんの言葉を思い出した。

『夢でもいいから　もちたいものは　金のなる木といい女房』。この独々逸は、稲荷町の師匠の十八番中の十八番である『中村仲蔵』に登場する。

（今の俺には、そんなもの、夢のまた夢……毘沙門様のご利益でも、さすがにちょいと無理か）

苦笑しながら参拝を済ませ、石段を下りる。

（この俺だって、あのままずっと寿司を握っていれば、今頃は美佐子と所帯をもって、どこかに小さな店の一軒も構えていただろうな）

こんなことをつい考えてしまうのは、芸に行き詰まり、弱気になっているせいだろう。

小島《おじま》美佐子は、てっ橋こと板倉堅太郎が勤務していた新宿駅近くの寿司店の同僚で、彼よりも二歳年下。出身が同じ茨城県内の下館《しもだて》市ということもあり、入店後、何かと面倒をみてやったのがよかったのか、自然と交際が始まり、最後の二年ほどは堅太郎が借りていたアパートで親方公認の同棲生活を送っていた。

いかにも地方出身者らしく、純朴で、気立てが優しく、働き者。器量も人並み以上で、すらりと背が高く、目鼻立ちのはっきりした美佐子を連れて歩くと、道行く男たちが振り返るほどだった。

（確かに、俺には過ぎた女だったよな。ほかにもっといい縁談もあったし、言い寄る男も多かったのに、あいつ、そんな連中には見向きもしなかった）

彼女にとって、堅太郎は最初の男。生真面目な性格だったので、たぶんそれも一途《いちず》だった理由の一つだろう。

別れることになったきっかけは言うまでもなく、てっ橋が寿司屋を辞めて、落語家になったためだ。美佐子の夢はたとえ場末でもいいから、二人の店をもつこと。泣いてすがられ、翻意を促されたが、堅太郎の決意は変わらなかった。

入門してからも一年くらいはたまに会ったりしていたが、ほぼ二十四時間勤務の前座には男女交際にうつつを抜かす余裕などなく、別れることになった。

(まあ、縁がなかったんだろうな。噺家になってからも、ねんごろになった女はいたけど、本気でほれたのはあいつだけだものなあ)

風の噂では美佐子は郷里の下館へ帰り、すでに結婚して子供もいるらしい。

境内を出て、元の神楽坂通りに戻る。あてのないまま、重い足取りで坂を上り始めた。

すると、一分も歩かないうちに、

「よお、堅太郎じゃねえか！　久しぶりだなあ」

野太い男の声で、そう呼び止められたのだ。

4

その声を聞いた瞬間、てっ橋は背筋がピンと跳ね上がるのを感じた。誰の声なのか、すぐには思い出せなかったが、不快な記憶と結びついていることだけは直感的に理解できたからだ。

立ち止まり、街灯の照らす中、辺りを見渡すと、通りの向かい側に二人連れの人影があった。

長身の男性と小柄で髪の長い女性が、いかにも親密そうに手をつないでいたが、そのうち男の方がその手を離して、てっ橋を招きながら、

「どうしたんだよ、ぼーっとしてさ。まさか、俺の顔を忘れちまったんじゃねえだろうな」

「ああ……田所《たどころ》さんでしたか。すっかり、ご無沙汰いたしました」

仕方なく頭を下げたが、てっ橋は心の中で、今拝んできたばかりの毘沙門様に恨《うら》み言《ごと》を言った。

『お賽銭を奮発した直後に、こんなやつと会わせるなんて。いくら何でも、いたずらが過ぎますぜ！』

八年ぶりに再会した相手は田所明雄《あきお》。勤務していた寿司屋で二年先輩だった。高校時代にはラグビー部の部長を務めたと自慢していたが、確かに今でも堂々とした体格だ。

「貧乏ったらしい格好してやがるなあ。顔色もよくねえし。ちゃんと飯が食えてるのかよ」

横柄《おうへい》な口調も、まるで当時のまま。先輩と後輩の関係はすでに消滅しているわけだが、

芸人という自分の立場を考えると、そう乱暴な口も利けなかった。

とりあえず曖昧に笑いながら、相手の服装《なり》を値踏みする。

一見してブランド物とわかる茶色いダブルのスーツ、派手な水玉のネクタイ、襟に毛皮のついたロングコート。全部まとめて売り払えば、てっ橋の安アパートの家賃が二、三年分は出そうな豪勢さだ。

相変わらず贅沢な暮らしぶりらしいが、羽振りがいいのは本人の寿司職人としての腕とは関係ない。銀座で明治から続く名店の長男で、調理専門学校を卒業後、新宿の店に修業に来ていたのだ。

親方が田所の父親の後輩だと聞いたが、兄弟子ではなく、弟弟子のところへ行かせたのが息子を甘やかしていた何よりの証拠で、親方はこいつに猛烈に気を遣っていた。

もちろん、そんな中途半端な修業でまともな技量が身につくはずもなく、田所の握った寿司は不格好そのもの。たぶん、今でも大して進歩はしていないはずだ。

しかし、そんなやつでも先輩は先輩。調理場の中は芸界同様、上下関係は絶対だから、逆らうことなど許されない。わがまま放題に育ったため、性格は傲慢《ごうまん》そのもので、てっ橋は陰湿ないじめに三年間も耐えなければならなかった。

（こんな疫病神《やくびょうがみ》、相手するだけ時間のむだだ。適当にあしらって、さっさとずらかろう。ええと、寄席のかけ持ちがあるとでも言って……）

「ああ、そうだ。堅太郎、お前、落語家になったんだってなあ」

「えっ？　それは、まあ……」

「最初に聞いた時には、悪い冗談かと思ったぜ。お前みたいな陰気な男が他人《ひと》を笑わそうだなんて。坊主か葬儀屋の方が似合ってるんじゃねえか。あはははは！」

てっ橋の頭にかっと血が昇った。連れの女の手前、格好をつけているのかもしれないが、あまりにも失礼すぎる。黒い膝丈《ひざたけ》のスカートをはき、茶色い革のハーフコートを着たその女は通りとは反対側の商店へ顔を向けていた。

「そりゃあ、私の人《にん》には合ってないかもしれませんがね」

我慢するつもりだったが、少しは反論しないと、腹の虫が治まらない。

「おかげさまで、日本一の人気落語家の浅草亭東橋師匠に……先輩も、もちろんご存じでしょうね」

「うん？　ああ。名前と顔くらいは知ってるな」

「あの師匠に入門を許されまして、四年前、二つ目に昇進させていただきました。あと二年も辛抱すれば、真打ち披露ができそうですよ」

精一杯強がってみたものの、最後の部分はまるっきりの嘘八百。今の状態が続けば、仮に真が打てたとしても、五、六年は先の話だろう。

「ふうん。つまり、落語家としては順風満帆《まんぱん》だと言いたいわけだな」

「そりゃ、結構だ。だったら、美佐子もさぞ喜んでいるだろうな」

「まあ、そうですね」

「えっ、美佐子？　そ、それは……」

「所帯をもったんだろう。祝いも出さずに、申し訳なかった」

てっ橋は完全に絶句してしまった。

（俺とあいつのその後を、本当に知らないのだろうか？　いや、きっと、違うな。何もかも承知の上で、嫌がらせをしようってんだ）

小島美佐子は器量よしだったから、言い寄ってくる男はあまたいたが、その筆頭が田所だった。店の親方まで巻き込んで執拗《しつよう》に口説き、埒《らち》が明かないと見ると、力ずくで自分のものにしようとして、あと少しで警察を呼ばれるところだった。店を辞めた表向きの理由は五年の年期が明けたからだが、実際には親方が退職を条件にして、万事を丸く収めようと動いたせいだ。

（確かに、不思議な女ではあったよな。こいつの言うことさえきいていれば、今頃は銀座の老舗寿司屋の若女将《わかおかみ》だ。こんな俺のどこがそんなに気に入ったのやら……）

てっ橋は何とか気を取り直し、「かけ持ちがあって、これから神田の寄席へ行きますから」と嘘をついて、その場から離れようとした。

すると、田所はうなずき、「そうか。急に呼び止めて悪かったな。機会があれば、店に来てくれ。歓迎するぜ」。後半は単なる社交辞令だろうが、予想と違う反応で、さすがに三十代も半ばになると、最低限の常識くらいは身につくものらしい。

田所は脇道から合流してきて、神楽坂を上る様子なので、てっ橋は飯田橋駅を目指すことにした。

軽く会釈をして、坂を下りかけたのだが、その時、ずっと顔を背《そむ》けていた連れの女が不意にてっ橋の方を向いた。

（おおっ！　な、何だよ、こいつ……）

思わず足を止め、顔を見つめてしまう。器量を云々《うんぬん》する以前に、その女があまりにも若く……いや、『女』ではなく、『少女』と呼ぶべきだろう。見たところ、高校生だとしか思えなかった。

（結婚したという噂を以前聞いたが、女房にしちゃ、若すぎるな。ということは、つまり、愛人か）

薄暗いため、はっきりと見定めることは難しかったが、面長で、日本人形のように整った顔立ちをした少女だった。黒々とした大きな瞳で見つめられると、いい年をしたてっ橋でも、何だか落ち着かなくなってしまう。

「これから、こいつと晩飯を食うところなんだ」

田所が言った。ちょっと誇らしげな口調が憎たらしい。

「まだ高校生のガキだから、いい店を思いつかなくて、困ってるよ」

美少女は再びてっ橋から視線を逸らし、うつむいている。

「じゃあ、また……ああ、そうだ。もし店に来る時には、誰かに『板倉だ』と名乗ってくれ。税金対策とか、何かと雑用が多くてな。職人たちに任せて、奥にいることも多いんだ」

「わかりました。その時は、そうさせていただきます」

『その時』などあるわけがないと思ったが、義理でそう返事をした。

そして、今度こそ背中を向けようとすると、

「すみません。板倉さん、とおっしゃるんですか？」

「はい？　ええ、そうですけど……」

いきなり少女に尋ねられ、てっ橋は戸惑った。しかも、ひどく真剣な表情をしている。

「それが、どうかなさいましたか」

「いえ、別に……ただ、珍しい名字だなと思って」

「珍しい？　まあ、そうでしょうね。私も親戚以外では一人も会ったことがありません」

愛知や千葉あたりにはわりと多いという話を聞いたが、それ以外の地方ではまれな姓である。

「板倉家はもともと清和源氏《せいわげんじ》の流れを汲む武士の家柄で、ここ善國寺の名付け親でもある

徳川家康公に重く用いられ、京都所司代にも任じられた板倉四郎衛門勝重《しろうえもんかつしげ》が特に有名で……といっても、そいつがうちの先祖かどうかは定かじゃありませんがね」

と、これも講談の先生からの受け売りをご披露に及ぶと、少女は眼を輝かせて聞き入る。

「おい、ケイコ！　ぐずぐずしてると、置いていくぞ」

苛立《いらだ》ったような田所の声。見ると、いつの間にか、やつは二十メートルほど向こうまで行き、自分の連れを手招きしていた。

「あの……すみません。お話、ありがとうございました！」

ペコリと頭を下げると、小走りに坂を上っていく。

（ケイコという名前なのか。『敬子』……いや、たぶん『恵子』だな。その方がずっと人数が多い）

週刊誌か何かで読んだのだが、女児の命名に関して、昭和二十年代の終わりから三十年代の半ば過ぎまで、『恵子』は不動のナンバーワンだった。松竹《しょうちく》映画の大ヒット作である『君の名は』が封切られたのが昭和二十八年で、ヒロインを演じた岸《きし》恵子の人気が大きく影響したというのがその記事の分析で、確かに十代後半から二十代にかけて、その名前の女性がやたらに多い。

小さな後ろ姿を見送りながら、てっ橋は考えた。

（あの娘《こ》、将来は途方もない別嬪になりそうだが、どうして田所みてえなクズの毒牙《どくが》にかかっちまったんだろう？　昔から女癖が悪かったけど、いくら何でも、あんな……いや、クズだからこそ、あんな子供とでも平気でやれるんだろうな。ああ、嫌だ、嫌だ！）

5

「『……ちょいと待ってくれよ。何だか、駒が少なくなっちまったぞ』」

翌日の神楽坂倶楽部夜の部、サラクチのてっ橋の高座。

「『お前《めえ》の持ち駒はどうなってる？　お手は何だい』」

『手か。いろいろあるぞぉ。金、銀、桂馬に歩が三つ。あとは、王様が一つだ』

『うへえ。ずいぶん、いっぱい……えっ、王様？　確かに、俺のがねえや。いつ持ってったんだよ』

『さっき〈王手飛車取りだ〉って言ったら、〈そうはいかねえ！〉って飛車が逃げただろう』

『ああ、あん時か。それはそうと、お前の王様もねえじゃねえか』

『取られちゃまずいと思って、最初《はな》のうちに、腹巻きに包んでしまっといた』

『おい。冗談言っちゃいけねえぜ！』」

わざと普段よりも大きな声を出すと、客席のあちこちで小さな笑いが起きる。雨降りで客の入りがよくないせいもあって、爆笑にまでは至らないが、反応は悪くなかった。

今日の演目は『浮世床』。その昔、暇な若い連中の社交場だった床屋の二階を舞台にして、古くからある小噺をつなげ、一席に仕立てた落語で、さまざまな演出法がある。てっ橋が師匠から習った形では『発端』『床屋の看板』『講談本の軍記』と続くが、浅い出番なので、これらの部分は省略して、『将棋』から入った。

「『この最中《さなか》に、いびきをかいて寝てるやつがいるぜ。誰だい？　半公《はんこう》じゃねえか。この野郎、起きろ。目を覚ませ！』

『ああ、だめだめ。怒鳴ったって、揺すぶったって、そいつは起きないよ』

『えっ、そうなのかい』

『その代わり、〈半ちゃん、一つ食わねえかい〉と言ってごらん。すぐに目を覚ますから』

『本当かねえ。じゃあ……あのう、半ちゃん、一つ食わねえかい』

『えへへへ。ご馳走様』

『起きやがったよ、こいつ』」

またウケる。我ながら、今日の高座は快調だった。

「『寝かしといてくれよ。こっちは疲れてるんだから』

『何を。疲れた？』

『ああ。何たって、女で疲れるのは体の芯が弱るからね』

『聞いたか、みんな。半公の野郎、起きて寝言を言ってやがる。てめえのその面《つら》で、女ができるか』

『ふざけんなよ。男ってもんはな、面で女ができるわけじゃねえんだ』」

自称色男を演じながら、場内のあちこちへ視線を配る。一通り確認し終えてから、てっ橋は自分が誰を捜しているのかに気がついた。

昨日、表通りで会った例の美少女だ。あの時、自分に何となく興味を抱いている様子だったから、ひょっとして、客席に来ているのでは……そんな、あるはずもないことを考えていたらしい。

床屋の二階の隅で寝ていた建具屋の半次《はんじ》は、起きたとたんにのろけ話を始めた。歌舞伎座で芝居の立ち見をしていると、すぐそばの桟敷《さじき》にいたおつな年増に声をかけられ、『私の代わりに音羽屋《おとわや》をほめてください』と頼まれる。

芝居が終わると、女はどこかへ行ってしまうが、やがて芝居小屋の若い衆がやってきて、茶屋の二階に案内されると、さっきの女がいて、酒を勧められる。

差し向かいでやったり取ったりしているうちに、女はほんのり桜色。ところが、半次の方は飲みすぎて、悪酔いしてしまう。

仕方なく隣りの部屋に布団を敷いてもらい、横になっていると、女が枕元でもじもじし始める……。

「『あのう、私《わたくし》も少々ご酒をいただきすぎまして、頭《つむり》が痛くなりました』」

ここはもちろん、色気たっぷりの女の声音《こわね》だ。

「『お布団の隅にでも、入れていただくわけにはまいりませんでしょうか』」

『えっ、本当かよ、それ？　おつな年増がそんなことを言ったのか』」

その時、客席の中央付近にいた女性客にふと目が留まった。

値の張りそうな毛皮のオーバーを着込み、ベージュのセーターの胸元には大きなルビーのペンダント。一瞥しただけで、相当な資産家の奥方だろうと見当がつく。少し化粧が濃いけれど、きりっとした顔立ちをしていて、『おつな年増』を絵に描いたようないい女だし、服の上からでも豊満な肉体の持ち主であることがわかる。年齢はてっ橋よりも二、三歳上か。

（……ああ。女日照《おんなひで》りの俺にとっちゃ、高嶺《たかね》も高嶺、エベレストの頂上に咲く花だ。こんなタレを毎晩抱いてる亭主は、一体どんなやつなんだろうな）

口演の最中に、そんな余計なことまで考えてしまう。

「『そ、それで、お前はどうしたんだい。腕をつかんで、力ずくで引きずり込んだんだろう』

『色男がそんなことをするかよ。〈入ろうともおよしになろうとも、あなたの胸に聞いてごらんなさい〉。ちょいと俺が皮肉に出ると、〈あのう、胸に尋ねてみましたところ、入ってよいと申しました〉』

『ええっ？　お、女が、そう言ったのか！』」

その瞬間、客が自分の噺に引きつけられているという手応えを感じた。本当に久しぶりのことだ。

「『こんちくしょう。うまくやりやがったな、どうも。で……女が帯を解《ほど》いて、長襦袢一つになった？　おいおい。で、その先はどうなったんだよ』

『いよいよ布団に入ろうとした時に……〈一つ食わねえかい〉と起こしたのがお前だ』

『えっ……俺が、どうしたって？』

『いきなり起こすな。いくらおつな年増だからって、夢じゃ、つまらねえ』

『何だよ。夢かい。長《なげ》え夢を見やがったなあ！』」

顔をしかめると、どっと大きな笑いが弾けた。日曜日ということもあって、常連が少なく、この噺を初めて聞く客が多いのだろう。演っている方が驚くほどのウケ方だった。

本当はもう少し先があるのだが、ちょうど時間が来たので、「おなじみの『浮世床』で失礼をいたしました」と言って、てっ橋は深々とお辞儀をした。

6

座布団の後ろに落ちていた羽織を拾い、小脇に抱えて廊下を歩く。

（どうでえ。俺だって、ちょいとその気になりさえすりゃあ、ざっとこんなもん……うっ！　まずいな、これは）

軽い足取りが、楽屋の畳を踏んだとたん、ぴたりと止まる。普段はめったにいない岸本寅市席亭代理がモニターの前であぐらをかいていた。

何とか出番には入れてもらえたものの、あれ以来、一度も口を利いてもらっていなかったのだ。

「あのう、お先に、勉強を……」

「勢いのある、いい『浮世床』だったじゃねえか」

「え……あ、ありがとうございます」

ほめられて、肩の力が一気に抜ける。寅市若旦那はてっ橋の顔を見ながら、にやりと笑い、

「俺も実際のところは知らねえが、昔の床屋の二階の雰囲気は、たぶんここと同しだったろうな」

「寄席の楽屋と……ああ、なるほど。おっしゃる通りかもしれません」

時には、正月の初席のような気忙《きぜわ》しい興行もあるが、普段の楽屋は呑気《のんき》なもので、出番を待つ芸人たちが無駄《むだ》っ話《ばなし》に花を咲かせている。建具屋の半公と同様、のろけを言う者も多いが、おもしろいのは、そういう話題に七十をとうに超えた協会幹部が食いついてくる点で、ここらが『芸人は色気を失ったらおしまい』と言われる所以《ゆえん》だ。

ある大真打ちは蕎麦屋の出前持ちをしていた娘といい仲になった若手に向かって、『お前さんかい。丼下げずにズロース下げたって男は』という名言を吐いた。

(今はほとんど見かけねえが、将棋を指す者も多かったらしいし、講談本……さすがに楽屋で読書をする芸人は……あっ、稲荷町がいたか)

稲荷町の師匠の一番の愛読書は『中央公論』で、楽屋でもよく読んでいる。ただし、『捨て耳』といって、周囲の話にも聞き耳を立てていて、たまに絶妙のタイミングで皮肉を言ったりする。それがまた、実にうまいのだ。

「とにかく、まあ、やる気を出してくれたのは結構だ。明日も期待してるから、気張ってくれよ」

「はい。ありがとうございます。精一杯務めさせていただきます」

てっ橋が立ったままで最敬礼すると、若旦那は満足そうにうなずき、立ち上がって、楽屋から出ていった。

（……何だよ、ありゃあ。一体どういう風の吹き回しなんだ？）

緊張のあまり、その場に座り込みたくなってしまった。どうやら、サラクチの高座を聞くために、わざわざ楽屋へやってきたらしい。

（気紛れにしても度が過ぎるぜ。まあ、若旦那も人柄は悪くねえんだが、気分屋だからなあ。もういい年なんだし、そろそろ身を固めて、落ち着いてもらいてえよ）

一つ年が下なだけの自分は棚に上げて、てっ橋はそんなことを考えた。噂によると、寅市若旦那は若くて清楚なタイプの女性、特に女子大生がお好みだそうだが、顔と体形を考慮に入れると、望み通りのお相手が見つかる可能性は限りなくゼロに近かった。

高座着を脱いで衣装バッグにしまい、いつものみすぼらしい身なりになって、楽屋をあとにする。

そして、通路を歩き出した直後、向こうからやってきた若旦那と鉢合わせをした。

「あっ、どうも。お先に、失礼いたします」

会釈をして、すれ違おうとした時、

「ちょいと待ちな」

「えっ……？」

呼び止められ、向かい合うと、相手は眉根をぐいと寄せて、上目遣いにてっ橋を見つめている。

（おい、よせよ。また何か、小言の種を見つけたってのか）

そう思い、身構えていると、

「お前に会いたいってお客が、木戸のところで待ってる。それを取り次ぐために戻ってきたんだ」

「お客様が、あたくしに会いたがってる？　ああ、さようですか。珍しいこともあるものですねえ」

「しかも、なかなかの上玉《じょうだま》だ」

「上玉ってことは……タレ、なんですか」

「うん。最初《はな》は水商売の女が売りかけ金でも催促しに来たのかと思ったが、どう見ても堅《かた》気《ぎ》だ、あれは。てっ橋、お前、お安くねえな」

「い、いえ、そんな。安いも高いも、まるで心あたりがありませんから」

眉間のしわの訳は呑み込めたが、自分を訪ねてきた女が誰なのか、まるで見当がつかなかった。

とりあえず、早足で玄関ホールまで行く。

寄席の切符売り場は仲間内の符牒で『テケツ』。木戸口で半券を千切るため、そこを『モギリ』と呼び、藍色の半纏《はんてん》を着た表方と呼ばれる従業員が控えていたが、それ以外にもう一人、人影があった。

（えっ？　あれは……いや、違う。まさか、『浮世床』じゃあるめえし、そんなことが本当に……）

立ちすくんだてっ橋とは対照的に、待っていた相手は彼の姿を認めると、満面の笑みとなり、

「浅草亭てっ橋さんでいらっしゃいますか。お忙しいところ、お呼び立てして、まことに申し訳ありません」

毛皮のオーバーにルビーのペンダント、そして、右手にケリーバッグを提げている。

そう。木戸でてっ橋を待っていた女性とは、ついさっきまで客席の中央付近に座っていた、あのおつな年増だったのだ。

7

「そりゃ、夢だ！　夢に決まってる。いくら何だって、そんなことが現実に起きるわけがねえ」

チューハイのグラスを手にした馬八兄さんが首を大きく横に振った。

二月四日の晩、観音裏のいつもの店のカウンター。ただし、今日に限っては、マスターに会話が聞こえないよう、奥の端に陣取っていた。時刻は午後十一時を回っている。

「胸に手をあてて、考えてみな。お前、子供の時にやけにはっきりした夢を見たりしなかったか?」

「よしてくださいよ。『芝浜《しばはま》』の勝五郎《かつごろう》じゃねえんですから」

顔をしかめたつもりだったが、自然と笑みがこぼれてしまう。噺家になって初めて熱烈な女性ファンができ、それが飛びっ切りの上玉と来れば、有頂天にならない方がどうかしていた。

「するってえと、何か。さっきの話は与太《よた》じゃねえんだな」

「こんなとこで与太なんぞ飛ばして、どうするんですか。何から何まで本当です」

「そおかぁ。まあ、噺家もタレを買ってるうちは半人前で、買われるようにならなくちゃいけねえと言うが……」

馬八兄さんはチューハイのレモンスライスを箸の先でつつきながら、

「お前が、その愛嬌のない面《つら》でなあ」

「兄さん、男ってもんは、面で女ができるわけじゃありませんよ」

『浮世床』の登場人物の台詞が、つい口からこぼれ落ちる。それくらい、上機嫌なのだ。

(兄さんが疑うのも無理はねえんだ。当の本人のこの俺だって、夢じゃねえかと思ったんだから)

今日の夕方、神楽坂倶楽部の木戸口で待っていた女性は田辺京子《たなべきょうこ》と名乗り、『あなたの大ファンです。もしも今晩このあと、何もご予定がおありでなければ、どこかでお食事でも』と誘ってきた。

今晩はもちろん、明日も明後日もその次の日も、神楽坂のサラクチ以外、何の予定も入っていない。前座へのお年玉など、先月は出費がかさんだために極度の金欠病で、手銭《てせん》では酒が飲めないし、飯を食うのさえおぼつかないありさまだった。

そんなところへ、突然予想外の誘い。まるで売れていない二つ目の自分に目をつけるなんて、よほどの物好きだなとは思ったが、ついていけば、酒とご祝儀にありつけるのはまず間違いない。万一、別の誰かと勘違いしているのが判明したら、飲み食いだけして逃げてしまえば、それで済む。

てっ橋はすぐさま誘いに乗り、二人連れ立って神楽坂の街を歩き出したのだが……そこで、はたと困ってしまった。

『このあたりで、てっ橋さんのおなじみのお店がありましたら』と女に言われたのだが、残念なことに、適当な店を一軒も知らなかった。

神楽坂界隈で飲む場合には、たいてい毘沙門様の裏の鳥寅《とりとら》という店に入り、イカのキンタマの串焼きに塩をたっぷり振ってもらって一杯やるのだが、まさかこんな上品なご婦人を案内するわけにはいかない。ちなみに、イカのキンタマは、正確には『イカの口元』で、『そうはイカのキンタマ』という軽口はこれが語源だ。

てっ橋は進退きわまったのだが、その時にふと、自分の師匠のなじみの料亭がすぐ近所にあるのを思い出した。

善國寺の筋向かいにある『五十番』という中華料理店の脇の小道を本多《ほんだ》横丁と呼ぶが、その先をさらに右へ入った路地の奥にその店はあった。

黒板塀に見越しの松という、まるで流行歌の歌詞のような外見で、和服姿の仲居さんの物腰も丁重そのもの。東橋師匠の贔屓客の一人がここの常連らしく、よくご招待されるのだが、てっ橋自身が酒席に招かれたことは一度もない。前座の頃は、お供をして玄関まで送り、いったん別れてどこかで時間を潰し、また迎えに来る。そのくり返しだった。

とはいうものの、一時期頻繁に足を運んでいたのは間違いないわけだから、そう邪険な扱いもされないだろう。

覚悟を決め、門を潜る。出てきた仲居さんはてっ橋の姿に大きく眼を見張ったが、さすが、そこは商売。瞬時にすべてを察したらしく、奥まった小部屋へと案内してくれた。

とりあえず酒と料理を注文し、少し落ち着いたところで、相手が自己紹介を始める。それによると、自宅は品川《しながわ》で、貿易関係の会社を経営していたご主人との間に娘が一人いるが、そのご主人が二年前に交通事故で亡くなり、現在は独身。身分は一応その会社の代表取締役だが、実際の経営は部下に任せていて、毎日出社しているわけではないらしい。何とも、いいご身分だ。

年齢は言わなかったが、世間話をしながら探ったところでは、最初の印象よりも少し上で、四十より少し手前らしい。

（そこから先は、『浮世床』そのまんまだったな）

今思い出しても、自然と頬がゆるんでくる。

（さすがに盃洗《はいせん》なんぞは出てこなかったが、結構な肴《さかな》を目の前に置き、熱燗の酒をやったり取ったりしているうちに、女は眼の縁ほんのり桜色。噺の中では、隣りの部屋に布団を敷かせて、俺が先に寝ているってえと、あとから女が入ってくるが、あの料亭の座敷には次の間なんてありゃしねえ。

『まあ、初会《しょかい》だし、そううまく事が運ぶはずがねえさ』と思いながら小便に立ったんだが、俺もああいう場所に不慣れだから、酔いが回ってるのに気づかなかったんだな。襖の手前でよろけて、座っていた女に抱きついちまった。

右手で背中を押さえ、左手で胸をつかむ格好になったから、てっきり『キャー！』と叫ばれるかと思ったら……胸をつかんだ手を女がぐっと押さえて、こっちへしなだれかかってきやがった。うふふふ。そうなりゃ、もう、こっちのもんだ。肩を引き寄せれば、向こうはそっと両眼を閉じる。口と口を合わせ、舌で唇をこじ開けるってえと――）

「おい、こら、てっ橋！」

「うえ……？　あ、あのう……」

ふと正気に戻ると、すぐ近くに馬八兄さんの顔があった。もともと大きな眼をさらに見開いて、てっ橋を睨んでいる。

「あ、ああ。兄さん、でしたか」

「しょうがねえなあ。起きたまんま夢を見てたんだろう。声も出さずに口をもごもご動かしやがって。薄っ気味の悪い野郎だ」

「ええと、そのう……相すみません」

「謝らなくてもいいから、それよりも、さっきの話の続きを聞かせろ」

「さっきの、続き？」

「とぼけるんじゃねえよ。立春の初夢とかじゃねえのなら、逢瀬《おうせ》にまだ先があるはずだろう」

兄さんは眉をひそめながら、レバーの串焼きを横かじりにして、

「京子さんのオッパイをわしづかみにして、唇を奪い、その先はどうなったんだ？　首尾よくカケたのか、だめだったのか。そいつを早く聞かせろよ」

8

『首尾よくカケたのか』。実に単刀直入な質問だった。『カク』とは『セックスする』とい

う意味の符牒である。

「いや、もったいぶるつもりはないんですが……そこが一番肝心ですから、順序立てて説明させてくださいな」

てっ橋はそう詫びたが、自分よりはるかに女にもてる相手からそんなふうに言われ、内心悪い気はしなかった。

「しょうがねえやつだな、まったく」

馬八兄さんは串焼きの塩気をチューハイで流す。

「まあ、いいや。お前にとっちゃ、大事件なんだから、のろけにつき合ってやる。口を吸ったあとはどうなったんだ？」

「どうも、すみません。ええと、こちらも少し焦りまして、そのまま畳の上へ押し倒しました」

「何だと？　高級料亭の座敷でか。困った野郎だなあ、どうも」

そう言って、大きな舌打ちを漏らす。

「場所柄をわきまえろよ。女郎屋《じょうろや》じゃねえんだぞ。そんなだから、いつまで経っても……まあ、いいや。それで、どうしたんだ？」

「相手が無抵抗なんで、セーターをまくり上げて、ブラジャーのホックを外しました」

「外したのか？　お前が……やりやがったな、こいつ。で、それから？」

「メロンみてえなオッパイが現れたから、もんで、乳首を吸いました」

「やっぱり吸うんだ。そりゃ、まあ、そうなればな、俺だって、そうするよ。で、その次は？」

「足を広げさせ、スカートの中へ手を突っ込みましたが……その時、女が小さな声で『ここじゃ、嫌』と言ったんです」

「ここじゃ嫌？　早《はえ》え話、別な場所ならかまわねえってわけだな」

「はい。その言葉を聞いて、これは善は急げだと思いまして、早速タクシーを呼ぶことにしました」

「あんまり善でもねえけどな。ホテルかどこかへ連れ込もうってわけだ。うんうんうん。それから、どうした？」

「手を叩いても誰も来ないので、仲居を呼びに行こうと廊下へ……そこで出っくわしちまいました」

「出くわしたぁ？　一体、誰に」

「うちの師匠にです」

「ええっ？　お前の師匠がなぜそんなとこに……あっ、そうか。そもそも、東橋師匠のなじみの店だったんだ」

馬八兄さんがうなずきながら、顔をしかめた。

「だったら、何の不思議もねえが……それにしても、浅草亭も間抜けな時に来やがったもんだなあ」

　その一門の総帥《そうすい》を亭号で呼ぶのは一種の敬称で、もちろん面と向かっては言えないが、楽屋でもよく使われていた。東橋師匠が『浅草亭』、圓生師匠が『三遊亭』、正蔵師匠は『林家』である。

「『こんなところで何をやってるんだ』ときかれましたから、とっさに『お客様のお供で』と……別に、嘘はついてないんですけどね。

　とりあえず、男性のお旦ということにしちまおうと、大汗かきながら出任《でまか》せを並べまして、何とか納得してもらえましたが、その頃にはすっかり元気がなくなっちまいました。ほら、昔から言うじゃありませんか。『君子、あおむけに近寄らず』って」

「ばか！『危うきに近寄らず』だろう。誰に向かって言ってるんだ」

　よほど出来がよければ話は別だが、ダジャレは目下か同輩に向かって言うものという仲間内の不文律があった。

「申し訳ありません。元の座敷に戻りましたが、きっちり身支度をされちまうと、また脱がすってわけにもいきません。それに、女連れで廊下へ出たところで、師匠とばったりってのも困りますから、結局、『日を改めて、もう一度会おう』ってことになりました」

「ふうん。で、いつなんだい。その『またの逢瀬』は」

「明日です」

「えっ、明日ぁ？」

「はい。今度はモギリのところだと目立つので、あたしの高座が終わる頃合を見計らって、毘沙門様の境内で待ってるそうです」

「毘沙門様の境内……石虎みてえな女だな。それに、いくら暇だからって、何も二日連続でなくてもいい。何をそんなに焦ってるんだろうな」

兄さんは呆れ、そこから一転、怖い顔でてっ橋を睨む。

「こりゃあ、今日は俺がおごってもらわねえと、割が合わねえ」

「ごもっともです。では、普段お世話になっておりますから、今日のところはあたくしが」

「おいおい。いつも金に困ってるくせに、なぜそんなに気前がいいんだよ。あっ、わかった。京子さんから、大枚のご祝儀を手に入れたな。この野郎、うまいことやりやがって……ん？　待てよ」

馬八兄さんが急に真顔になり、首を傾げる。

「あの、どうかされましたか」

「ちょいと話がうますぎるな。こんなことをきいちゃ、身も蓋《ふた》もねえが……そのタレ、本当にお前のファンなのか」

「えっ？　そ、それは……」

　てっ橋は虚をつかれた。まさか嘘ではなかろうと、無意識のうちに、うぬぼれていたのだ。

「だけど、間違いなく、向こうがそう言いましたよ」

「じゃあ、客席にいるのを見たことがあるんだな」

「いえ、客席は、ええと……」

「落語について、詳しそうな様子だったのかよ」

　とうとう、てっ橋は黙り込んでしまった。

（確かに、寄席や落語会で見かけたことはなかったな。今日の神楽坂がたぶん初めて。落語の話も何一つしてねえ。世間話をしただけだ）

「……そりゃ、あたくしのファンだてえのは眉唾《まゆつば》かもしれませんがね」

　しばらく考えてから、てっ橋は口を開いた。

「だけど、あの若さで未亡人ですから、男に飢えていて、見境なんぞない可能性だってありますす」

「未亡人かどうかも調べてみなきゃわからねえが……まあ、それは脇に置くとしよう。問題はなぜお前を選んだかだ。何か下心があるのかもしれねえぜ」

「下心？　そんな、兄さん！　冗談……言っちゃいけませんよ」

ついつい大声を出してしまい、てっ橋はあわてて声を潜め、店内を見渡す。浅草はどこも店じまいが早いため、飲み足りない客たちがいつの間にか集まり、大盛況になっていた。

「あたしの名前は堅太郎です。信次郎じゃありませんから」

「えっ、シンジロー……ああ、『写真の仇討ち』か。なるほど。信次郎は女に大枚の金を貢いだあげく、あっさり袖にされるんだったな」

「その点、あたくしの場合は心配ご無用です。貢ぎたくたって、懐の中は無一文。逆さにして振っても鼻血も出ません」

「いや、金以外のものが狙いなのかもしれねえぞ」

「金以外に何がありますか？　もし独り者だと言っていたのが出任せで、相手が主《ぬし》ある花だとしても、堅気の勤め人とは違い、万一ばれたところで、痛くもかゆくもありません」

「そりゃあ、まあ……」

「独り身が本当で、一夜を共にしたあとで『責任を取ってくれ』と言われれば、こっちは願ったり叶ったり。金満家のところへ婿《むこ》入りすれば、食うには困りませんからね。婚姻届にも喜んでサインするし、あとあとのために起請文《きしょうもん》の一枚も書いてくれと言われたら、即座に書いて渡しますよ」

「大変な勢いだなあ。今時、起請とは恐れ入ったぜ。おーい、マスター。こっちに熱燗一本頼むぜ。あと、お猪口《ちょこ》を二つだ」

てっ橋の鼻息の荒さに、さすがに馬八兄さんも少し気圧《けお》されている様子だった。

『起請』あるいは『起請文』とは、自分の言動に偽りのないことを神仏に誓った証拠となる文書のことだが、落語に登場するのは男女間の結婚の約束を記した起請で、それをやたらと乱発する女郎がやり込められる『三枚起請』という演目もあった。

「ほら、てっ橋。熱いのが来たから、どうだ？」

兄さんが徳利を傾ける。

「あっ、すみません。ありがとうございます」

「起請を書くのは結構だが、『指切り』みてえに血を見るはめにならねえようにしろよ」

「はい？　『指切り』てえと……『写真の仇討ち』ですか」

「何だよ。知らなかったのか。あの噺はな、江戸の昔には起請文を小刀で突く演出だったんだ。明治になって、それが写真に変わった。もしも古風に演るんなら、さしずめひらがなで『こてる』と書いてある真ん中の『て』の字を刺すんだろうな」

「はあ、なるほど。そうだったんですか」

「そりゃ、文字よりも写真の方がずっといいさ。憎い敵の顔を目《ま》のあたりにできるわけだからな」

てっきり明治以降にできた新作だと思ったが、どうやら、古典の改作だったらしい。

「まあ、色に絡んだ一件で他人様《ひとさま》に説教するほど偉くはねえがな」

馬八兄さんも手酌で酒を口に含んでから、しみじみとした口調で、

「いいか、気をつけろよ。周りから『芸の肥やし』だとか言われ、その気になったのはいいが、度が過ぎて、タレでしくじって噺家を辞めたやつを何人も知ってる。何事もほどほどにしとかねえとな」

9

「『……婆《ばあ》やがお辞儀をして、部屋から出ていくと、入れ違いに下から〈トントン、パシャリン、チンカラリン〉』

『何だい、そりゃあ？　三味線かい』

『三味線じゃねえよ。お盆に盃洗を載せたのを持って、トントンと梯子段《はしごだん》を上る。中の水がお盆にこぼれる音がパシャリン、浮いてる猪口が周りにぶつかって、チンカラリンてんだ』

『おい。話が細《こま》っけえね、どうも』」

客席から笑いが起き、てっ橋は微かに首を傾げた。今までに数えきれないほど演じているる『浮世床』だが、ここでウケたのは初めてだったからだ。

二月上席、五日めの高座。夜の部の開演が少し遅れたこともあって、てっ橋は『将棋』

も抜き、いきなり『夢の逢瀬』の冒頭から入った。

　二人差し向かいで酒を飲むうち、半次は小便がしたくなり、厠《かわや》へ行こうとするが、女はなぜか『今行くのはちょっと具合が悪いから、我慢してください』と言う。

「『もうはち切れそうだと前を押さえたら、〈でしたら、これにどうぞ〉と灰吹きを出してくれた』

『灰吹き？　ああ、煙草盆の火入れの脇に立てといて、煙管《キセル》の灰を落とす竹筒《たけづ》っぽうか』

『そうよ。〈恐れ入りますが、この中へ〉……しょうがねえから、竹筒を取っかえ引っかえ、三十六本』

『ずいぶん出たねえ、三十六本とは』」

　竹筒を尿瓶《しびん》代わりにするところで、扇子を軽く広げ、開いた方を着物の前身頃《まえみごろ》にあてがう。夢の話なので、本当は変なのだが、少しでも派手に見せるため、てっ橋が考えた工夫だ。それが功を奏したのか、大ウケした。

　続いて半次が悪酔いして布団に入り、女が迫ってくる場面だが、普段よりも時間をかけ、お色気たっぷりに演じると、客席は上々の反応で、何だか自分が名人になったような気がした。そして、

「『いくらおつな年増だからって、夢じゃ、つまらねえ』

『何だよ。夢かい。長え夢を見やがったなあ』」

昨日はここで終わったが、今日はさらに先へと進む。

「『こっちは手に汗握って聞いてたのに、ふざけやがって。さっきの話の中に一つくらい、本当のことはねえのか』

『本当の？　そう言えば、さっきから尻が冷てえ』

『あっ、布団が……この野郎、寝小便《ねしょんべん》しやがったな。びしょ濡れじゃねえか！』」

その時、演じているてっ橋が驚くほどの爆笑が弾け、手を叩いて喜ぶ客までいた。サラクチの二つ目の高座では稀有《けう》なことだ。

「ええ、そのう……大騒ぎをしております。おなじみの『浮世床』で、失礼をいたしました」

戸惑いながらお辞儀をすると、いつになく盛大な拍手。高座に上がる時の拍手を『迎え手』、下りる時のものを『送り手』と呼ぶが、後者が前者より何倍も大きいのは演者にとって最高の名誉だ。

（おいおい。どうなってるんだ？　何もかもとんとん拍子。一つよくなるてえと、ほかのことまで釣られるらしいな）

高座袖から楽屋に向かいながら、てっ橋は心の中でつぶやいた。時間はやや短めだが、手応えは充分すぎるほど。久しぶりにスキップでもしたいような気分だった。

（馬八兄さんも言ってたが、まさに『女は芸の肥やし』。半公の夢の場面から入る作戦が見事図にあたったぜ。これも、京子さんとの逢瀬があったればこそ。今まで気がつかなかったが、昨夜の兄さんとの会話はまるで『紙入れ』そのまんまだった。実地に稽古をつけてもらったようなもんだな)

『紙入れ』は、小間物屋の新吉《しんきち》が得意先の奥様といい仲になり、一緒に寝ているところへ帰ってこないはずの旦那が帰ってくる。

あわてて逃げ出した新吉は紙入れを忘れてしまい、それを取り戻すため、翌朝恐る恐る同じ家へ行って、旦那ととんちんかんなやり取りをするのだが、その場面が昨日の会話とそっくりだった。

(高座でバカウケしたあと、おつな年増と差し向かいで一杯。お互いほろ酔いになったところで、タクシーでホテルへ行き、しっぽりと……あの女、一体どんな手練手管《てれんてくだ》で楽しませてくれるんだろう。うひひひ！　考えただけで興奮してくるぜ)

意気揚々と楽屋へ引き上げたのだが、残念なことに、寅市若旦那の姿はなかった。どうせなら、今日の高座を見てもらいたかったが、これは、まあ、仕方がない。

昼のトリの金鈴亭萬喬《きんりんていまんきょう》師匠が大ネタをかけたせいで、時間が延びてしまい、すでに到着した京子さんを待たせている可能性がある。てっ橋は色物の楽屋の隅で、大急ぎで着替えを済ませた。

今日は服装にも気を配り、一張羅《いっちょうら》の上着にネルのシャツ、グレーのハーフコート。これならば、多少は相手と釣り合いが取れるだろう。

「お先に失礼いたします！」と言い置いて、そのまま小走りに通路から木戸口、そして、表へ出る。

路地を少し歩いたところで、バッグの中から、来る途中に薬局で買ったリポビタンDを取り出し、スクリューキャップを外して一気に飲み干す。本当はガッツ石松《いしまつ》が宣伝しているユンケル黄帝液くらい奮発したかったのだが、値段を見ると、最も高いゴールドが何と千二百円！　さすがに手が出なかった。

神楽坂通りへ出ると、暦の上ではもう春でも、夜風が肌を刺し、雪までちらついている。そのせいか、この時刻、普段はにぎやかな神楽坂通りが閑散としていた。

あっという間に毘沙門様に着いたが、境内には人気《ひとけ》がない。

（まずいぞ、こりゃあ。天気も悪いし、俺が来ないと思って、帰っちまったんだ）

辺りを何度も見渡しながら、てっ橋は唇を噛んだ。

（聞いたのは名前だけで、電話番号は教えてもらわなかった。家の住所も、わかるのは『品川』だけ。向こうは寄席へ来る手があるが、こっちからは連絡のつけようがない。ちくしょう。萬喬師匠が悪いんだ。『唐茄子屋《とうなすや》政談』をサゲまで演ったりするから……おやあ？　ひょっとすると、来たか！）

玉砂利を踏む音を聞いたてっ橋は大喜びで振り返ったが、次の瞬間、不審げに眉をひそめた。

　本堂の柱に取りつけられた照明の光が届く範囲が限られているため、新たに境内に足を踏み入れた人物の姿は黒いシルエットになっていた。女性であることは確かだが、田辺京子さんとは明らかに違う。

　まず髪形が大きく異なっていた。パーマヘアではなく、肩にかかる長い髪。体付きもだいぶほっそりしているし、服装もオーバーなどではなく、ジャンパーを着ている。

（……何だ。ただの参拝客か。喜んで損しちまった）

　人違いとわかった以上、じろじろ見るのは失礼だ。そう思い、顔を背け、やり過ごそうとすると、

「ええと、あのう、板倉さん、ですよね」

「えっ……？」

　ぎょっとして視線を戻し、相手の顔を見たてっ橋は思わず「あっ！」と叫んだ。

　何とそこには、一昨日の夕方、同じ場所で会ったあの美少女が立っていたのだ。

10

（どうして、恵子……あの娘がこんな場所にいるんだ？）

境内、さらには通りの方も注意深く見渡してみたが、田所の姿はどこにもない。

戸惑っているうちに、首に白いマフラーを巻いた少女がてっ橋のそばまで歩み寄ってきた。そして、硬い表情のまま会釈をすると、

「こんばんは」

「え……ああ、こんばんは。一昨日はどうも」

「板倉さん、でしたよね」

「うん。そうだけど……」

「十五分くらい前、散歩してたら……私の家《うち》、すぐ近くなんです。その時、ここで、髪にパーマをかけて、毛皮のコートを着た中年の女の人に会いました」

「えっ？　パーマに、毛皮のコート……」

それだけで、逢瀬の相手の京子さんであることは明らかだった。

「うん。そして？」

「その女《ひと》、何だかとてもあわてた様子で、初めて会った私に『伝言を頼みたい』と言ったんです」

「伝言を……あの、誰に？」

「『あと少ししたら、ここに男の人が来て、きょろきょろ辺りを見回すはずだから、その人に』と言われました」

「それは……たぶん、俺だろうな。間違いないよ。で、何だって？」

「『今日は急用ができたから、またご連絡します。本当にごめんなさい』って」

「あ……ああ、なるほど。事情は、よくわかったよ」

　それを聞き、落胆はしたものの、『まだ脈があるぞ』とも思った。てっ橋に一言詫びるため、本人がここまで出向いてきたのがその証拠だ。約束した相手はただの三流芸人。すっぽかしたところで、とがめられる心配はない。普通ならば、品川からわざわざやってこないだろう。

（まあ、それはいいとして、今夜のあてが外れちまった。ああ、リポDなんて買うんじゃなかった。百円あれば、売れ残りのアンパンなら二個は買えたのに。おまけに、タウリンのおかげでせがれだけは元気一杯。このままじゃ、寝るに寝られねえが……）

「あのう、板倉さん」

「ん……？　ああ、何だい」

「板倉さんて、落語家なんですよね。そちらの名前は何とおっしゃるのですか」

「そちらの……ああ、つまり芸名だね」

　伝書鳩としての任務を終えても、恵子は立ち去ろうとしない。たぶん、噺家などという職業が珍しいのだろう。話をするなら、暗いところではまずいと思い、本堂に近い位置へと移動する。

「テレビとかには出てないから、もちろん聞いたことがないだろうけど、浅草亭てっ橋というんだ」

「えっ、テッキョウ？　鉄橋って、電車が渡る橋のことですか」

『ああ、またか』と内心腐る。鉄の橋は『テッキョウ』と平坦に発音し、『てっ橋』と後半にアクセントをつけるのだが、素人にはそんなことはわからない。

仕方なく、字と読み方を説明してから、

「うちの師匠は、とにかく、まずお客様に名前を覚えてもらえという方針でね。小東橋という兄弟子の前座名は『ほどう橋』だった」

「ホドウキョウ……？　それは、すごいですね。うふふふ」

恵子が小声で含み笑いをする。眼を細めたその表情があまりにも可憐で、てっ橋は何だか息苦しくなってしまった。

とりあえず、もう少し会話を続けたいと思い、

「いやあ、そんなのは序の口さ。今はいないけど、過去には『家庭円満《かていえんまん》』とか『横目屋助《よこめやすけ》平《へい》』……『スケベイ』と漢字で書くんだけど、いろいろとすごい名前があったそうだよ」

すると、なぜか恵子は急に真顔になり、

「スケベイさんというお名前なんですか。何だか……いじめられそうな名前ですね」

そうつぶやいて、黙り込む。ウケ狙いで言ったのに期待が外れ、弱ってしまった。

（何だか不思議な娘だが……明るいところでしみじみ見ると、きれいな顔をしてるなあ。しかも、色白。美佐子もいい女だったが、一段も二段も上を行くね、こいつは）

その時、てっ橋の体の奥から熱いものが込み上げてきた。それが性欲だということはわかったが、さすがに相手が若すぎる。刑法上は十三歳未満の女性との淫行が違法だが、東京都には青少年健全育成条例とやらがあり、未婚で十八歳未満の場合も処罰の対象になると聞いた。

ただし、童顔という可能性もなきにしもあらずで、確認する必要があった。

「あのう、恵子さんとか言ったかな」

「え……あ、はい」

「年はいくつなの？」

「十六歳です」

「じゃあ、高校の二年……いや、一年か」

「はい。九月生まれなので、一年生ですけど……ただ、今年になってからは一日も通ってなくて」

「通学してない……ふうん。それはまた、なぜ？」

「中野にある女子校なんですけど……何だか、楽しくないんです」

会話など上の空で、てっ橋はまるで違うことを考えていた。

（十六、か。あと二年後に会いたかったな。遊んだはいいが、あとで警察にしょっぴかれたんじゃ、シャレにならねえ。だが……待てよ。田所の野郎はどうなんだ。『ご法度《はっと》だから』って、我慢してるのかな？

いや、以前から女には手が早かったし、表通りを手をつないで歩くくらいだから、ちょっかい出したに決まってるが……そうか。誰にもばれなきゃいいんだよな。よし！　ダメモトで誘うだけ誘ってみよう）

昔さんざん煮え湯を飲まされた先輩の彼女を寝取ってやれ。そんな気持ちも、どこかにあった。

「あのさあ、恵子、ちゃん」

実年齢がわかると、『さん』付けでは呼びづらくなった。

「はい。何でしょう？」

「どうだい。楽しいことを教えてやろうか」

「えっ……？」

小首を傾げた少女の表情のあどけなさにたじろいだが、ここは突撃あるのみだ。

「だから、君が知らない楽しいことを、いろいろ教えてやろうかなと思ったのさ」

「ああ、なるほど。楽しいことを……」

復唱した恵子は少し考えていたが、

「それは、落語に関することとか、ですか」

「え……まあ、それも含めて、だね」

カマトトぶっているわけではないらしい。即座に拒絶されるかと思っていたてっ橋は意外な反応に狼狽《ろうばい》した。

「ええと、落語を一席、ちゃんと聞いたことはあるのかい」

「いいえ、ありません」

「そりゃあ、人生の大損だ。生きてる甲斐がないと言ってもいいね。世の中に落語くらい、おもしろいものはないんだぜ」

引っ込みがつかなくなったてっ橋は、以前学校寄席の仕事で中学校へ行った時、マクラで振った解説を喋り始めた。

バッグから商売道具のカゼを取り出し、

「例えば……ほら、おなじみのこの扇子だってね、箸にも煙管にもなるし、釣竿《つりざお》にもなる。あとは、刀に槍《やり》、行商人の天秤棒《てんびんぼう》。ちょいと広げれば徳利にもなる。ちゃんと実演してあげたいけど、ここじゃ無理だな。誰か来るかもしれないしね」

「へえ、すごい。そういうことを教えてくれるんですね」

恵子が眼を輝かせる。他人《ひと》を疑うことを知らないらしい。

「わかりました。だったら、教えてください」

「えっ、いいのかい？　そう。だったら、早速……い、いや、まずいか」

勢いだけで突き進んだものの、財布の中身は小銭だけ。ホテル代などありはしない。

せっかく千載一遇のチャンスなのにと思い、誰か金を借りられる相手が来ないものかときょろきょろしていると、

「あの、もしよかったら、私の家はすぐそこですよ」

「君の家？　だけど、俺なんかが行くのは……」

「今夜は私以外、誰もいませんから。遠慮しなくても大丈夫です」

「えっ、そうなの。だったら、話は別だ。善は急げというからね」

これまたとても善とは思えないが、てっ橋は恵子の手をつかむと、毘沙門様の境内を出て、道案内されるまま、日のとっぷりと暮れた神楽坂通りを上り始めた。

11

翌々日の午前十一時五十分。てっ橋は国鉄中央線飯田橋駅西口を出て、牛込橋《うしごめばし》を渡り、外堀通りとの交差点に着いた。

そこで信号待ちのため、立ち止まる。

（何だか、盆と正月が一緒に来たような……ちょいと違うか。とにかく、ついこの間まで

の女日照りが嘘みてえな騒ぎだぜ）

昨日の夕方、神楽坂倶楽部へ行くと、楽屋にてっ橋宛の手紙が届いていた。表に切手はなく、誰かが木戸口に置いていったものらしい。

薄紫色の封筒を見て、もしやと思ったら、案の定、差出人の名は『田辺京子』。開封してみると、白い便箋《びんせん》に書かれた文面は『昨日は事情ができて、待ち合わせした場所に行けず、本当に申し訳ございませんでした。つきましては、明日の正午に先日の店でお目にかかりたいと存じますので、おいでいただければ幸いです。もしご都合の悪い場合には、店へご伝言をお願いいたします』。末尾に、料亭の電話番号が書かれていた。

（正午に会おうてんだから、向こうの魂胆《こんたん》はわかってる。昼飯を食いながら、軽く一杯やって、そのあと……うふふ。俺の出番までたっぷり時間があるから、今度こそ大丈夫だ。いやあ、色男はつれえなあ。女で疲れるのは体の芯が弱るぜ）

『浮世床』の中の半次とは違い、これは夢ではなく、現実なのだ。しかも、プライベートの好調さが落語にも影響するらしく、昨日もバカウケ。やはり若旦那は不在で、高座を見せられなかったのが残念だが、何もかもうまくいきすぎて怖いくらいだった。

前方の信号が青になり、大通りを渡って、神楽坂を上り始めると、すぐ右手にあるのが紀《き》の善《ぜん》。この界隈きっての老舗で、戦争前は宮内庁御用達《ごようたし》の寿司屋だったそうだが、戦後間もなく甘味処《あまみどころ》に転業した。東橋師匠のおかみさんの立花梅《たちばなうめ》さんはこの店の『豆かん』

が大好物で、師匠をしくじった時にはこれを提げていき、とりなしを頼むと、必ず胸を叩いて請け合ってくれた。ここの豆かんにはずいぶん世話になったものだ。

（今日は脂の乗りきった年増で、一昨日はピチピチの若鮎《わかあゆ》をゴチに……いくら何でも贅沢すぎる。神罰に遭わないよう、気をつけなくちゃいけねえ）

『ゴチになる』の意味は、もちろん『ご馳走される』だ。

謎の少女に連れられ、毘沙門様の境内を出たてっ橋は神楽坂を上り、文房具の老舗として有名な相馬屋源四郎《そうまやげんしろう》商店の少し手前を左へ折れ、新たな細い坂を上り始めた。名前が『地蔵坂《じぞうざか》』。先輩から聞いた話では、江戸の昔、このあたりは燃料の藁《わら》を商う店があったところから『藁店《わらだな》』と呼ばれ、その地名を採った『和良店亭』という寄席があり、明治時代には文豪・夏目漱石も足しげく通ったという。

目指す家は地蔵坂を上りきる手前の左側にあった。歩き出す起点となった善國寺のちょうど真西にあたるのだが、それが高い塀に囲まれた寄棟《よせむね》造りの豪邸で、てっ橋を驚かせた。

門柱に『鈴木一郎』という黒御影石《くろみかげいし》の表札があったので、『へえ。お父さんは鈴木一郎さんか。銀行の広告に出てきそうな名前だねえ』と軽口を叩くと、『もう亡くなりましたけど、泥棒よけに掛けてあるんです』という返事。おかしな冗談を言うものではないと後悔した。

ちなみに、少女の名前は『鈴木恵子』。字も確認したから、間違いはない。

敷地に足を踏み入れてみると、想像した通り、ごく贅沢な造りで、庭には鯉の泳ぐ池まであった。

恵子の勉強部屋は二階。女子高生の部屋に入るのはもちろん初めてだから、興味津々《きょうみしんしん》だったが、意外なほど簡素で、西城秀樹《さいじょうひでき》や郷《ごう》ひろみのポスターなど貼られてはいない。八畳間の内部は、窓際に勉強机があり、その脇にベッド。あとは洋服簞笥に本棚、ステレオといったところ。机の上に、去年大流行したモンチッチの人形が置かれているのを見て、『去年の今頃は中学生だったんだ』と気づき、自分自身の目論見《もくろみ》が空恐ろしくなったが、計画を放棄するには色欲が昂進しすぎていた。

けれども、まさか、いきなり襲いかかるわけにもいかない。まずはカーペットの上に腰を下ろし、小さなテーブルを挟んで、恵子がいれてくれたコーヒーを飲む。

初対面同様の男をあっさり部屋へ招き入れてくれたわりには寡黙な少女で、自分から話を切り出そうとしない。てっ橋の方も後腐れのない方が好都合だと思ったので、家族構成とか亡くなった父親の職業とかは尋ねなかった。

ステレオの上に山口百恵《やまぐちももえ》の『いい日旅立ち』のドーナツ盤があったので、お世辞のつもりで『百恵ちゃんに雰囲気が似てるよね』と言うと、にべもない調子で、『あんなに美人じゃないから』。確かに顔立ちは違うが、どこか陰があるところが似ている気がした。

話の接《つ》ぎ穂《ほ》を失い、弱っていると、向こうの方から『落語は演ってくれないの？　扇子の使い方を教えてくれるって言ったでしょう』。

約束したのは事実だから、仕方なく扇子と手ぬぐいを持って、ピンクに花柄のカバーの掛かったベッドの上に正座する。

一応はプロだから、いいかげんなまねはできない。扇子の構え方から始まって、大店《おおだな》の番頭とお百姓の煙草の吸い分け、刀と釣竿の持ち方の違いなどを実演する。

『少し広げて横にすれば、ほら、算盤《そろばん》になる』と言い、舌で音を出しながら玉を弾くまねをすると、恵子は俄然眼を輝かせた。

さらには扇子を櫓《ろ》に見立てて、『船徳《ふなとく》』の若旦那よろしく船を漕ぐ。扇子の骨をきしませて『ギー、ギー』と音を出すと、恵子は『すごい！　私もやってみたい』と言って、自分からベッドに上がり、てっ橋の脇に並んで正座した。

『教えてもいいけど……恵子に稽古するのも、なあ』

『何、それ？　ひどいダジャレ。あははは！』

それまでの暗さが嘘のように、大声で笑い出す。器用な娘で、やり方を教えると、ほんの数分で船を漕ぐ音が出せるようになった。

『ねえ、扇子を全部開いて使うことはないの』ときかれたから、持ちネタではないものの、『試し酒』で大杯を飲み干すまねをすると、恵子は『それも演ってみたい』と言う。

扇の要《かなめ》を右手で持ち、体を反らせながら大杯を干していく。その動作が終わる寸前、雪のように白い喉が現れたところで、てっ橋の我慢が限界を越えた。

乱暴に肩を抱き寄せると、手に持っていた扇子が開いたまま勉強机の上へ落ちた。恵子は大きく眼を見開き、おびえた表情を浮かべたが、そのままベッドの上へ覆い被さっても声は上げず、激しい抵抗もしなかった。そして、そのまま……。

（まあ、力ずくでナニしたわけじゃないから、気に病む必要はねえんだが）

一昨日の出来事を思い出しながら、神楽坂通りを歩き続ける。『ナニ』は動詞でも名詞でも、文字通り何にでも使える便利な符牒だ。

（ただ、まさか生娘《きむすめ》だとは思わなかった。田所とはできていなかったんだなあ。それがわかった時には、さすがにぎょっとしたぜ）

多少は後悔の念が湧いてくる。もちろん途中で異変に気づいたのだが、その時点では、もう引き返せなくなっていた。

すべてが終わったあと、恵子は恥ずかしいのか、泣いてでもいるのか、布団を被ったまま、じっと動かなかった。

正気に戻ったてっ橋はどうしたらいいのかわからず、急いで服を着ると、無言のまま部屋を出た。今振り返れば、何か言葉をかけてやるべきだったとは思うが、女の扱いに不慣れだったのだから仕方がない。

（まあ、いいさ。どうせ一生に一度は経験することだし、このあと、無理やりつきまとっ

たりしなければな。避妊だって、ちゃんとしたし）

京子さんと一戦交えるつもりだったから、持ち合わせがたんまりあったのだ。

（とにかく、何も忘れ物しなくてよかったよ。扇子を部屋に忘れそうになって、あわてちまったけどな）

勉強部屋のドアを開け、廊下へ出ようとした時、広げた扇子が机に載っているのを見つけ、大あわてで閉じ、ズボンのポケットへ突っ込んだ。それを忘れたまま、昨日は別のズボンをはいて家を出たため、やむを得ず楽屋で前座から借りて間に合わせたが、もちろん今日は忘れずに持ってきている。

善國寺を過ぎ、右手に五十番。ここの名物は巨大な肉まんで、てっ橋も何度か買っていた。

そこを右へ折れると、本多横丁。通りの名の由来は、その昔、本多対馬守《つしまのかみ》という旗本の屋敷があったからだが、この界隈で最も繁華な横町だ。

少し歩き、右へ入った路地の奥の料亭。訪れるのが二度めのせいか、仲居さんも愛想よく迎えてくれた。廊下を案内され、先客の待つ座敷に着く。

（さあさあ、いよいよだ。こりゃ、楽しみだなあ）

先ほどの苦い思いも忘れ、武者震いが出そうなほど、てっ橋は興奮していた。

「はい。こちらでございます」

仲居さんが膝を折り、入口の襖の引手に手をかける。

「あのう、お連れさんがいらっしゃいました」

「……はい、どうぞ」

中から聞こえてきたのは、紛れもなく、田辺京子さんの声だった。

「では、失礼をいたします」

ゆっくりと襖が開いていく。

「へい、どうも。本日はお招きいただきまして、まことにありがとうござ……ううっ！」

他人行儀だとは思ったが、とりあえず芸人風の挨拶をしようとして、てっ橋は息を呑み、その場に棒立ちになってしまった。

12

襖が開かれると、正面の床の間を背にして座っていたのは逢瀬の相手の田辺京子さん。それはいいのだが、今日はなぜかもう一人、てっ橋から見て彼女の右脇にダークグレーのスーツを着込んだ男性が付き添っていた。

年齢はまだ若く、三十四、五といったところか。痩せ型で、面長。銀縁の眼鏡をかけていて、銀行員か大学の助教授といった風貌の男だ。

(こいつは、このタレの亭主？　未亡人という触れ込みは嘘だったのか)

まず最初にてっ橋はそう考えた。

(馬八兄さんに釘を刺された通り、下心があって、この俺に近づいてきたんだな。下手をすると、美人局《つつもたせ》……いや、待て。弟なのかもしれねえぞ。とにかく、いやーな雰囲気だなあ、どうも)

銀行員風の男はレンズ越しの細い眼で睨むようにてっ橋を見つめているし、京子さんの表情も前とは別人のように強張《こわば》っていた。服装も今日は至って地味で、アクセサリーも一切つけていなかった。

ふと振り向くと、いつの間にか仲居さんは姿を消し、襖も閉められていた。

「てっ橋……いや、板倉堅太郎さん、どうぞお座りください」

早口でそう言うと、京子さんは唇を引き結ぶ。

促され、畳の上の座布団に腰を下ろす。最初正座しかけたが、途中で考え直し、あぐらをかく。

(何が出てくるかは知らねえが、こうなりゃ開き直る一手だ。いざとなったら、『白浪《しらなみ》五人男』の弁天小僧《べんてんこぞう》じゃねえが、『知らざあ言って、聞かせやしょう！』と啖呵《たんか》の一つも切ってやる)

けれども、心臓の鼓動は激しくなる一方。行動は大胆だが、内実は自他ともに認める小心者なのだ。

　やがて、京子さんが口を開く。

「最初におことわりしておきます。こんな時刻においでいただきましたが、今日はお昼をお出しできません。最初はそのつもりでしたが、非常事態が起きたものですから」

「非常事態？　一体、何なんですか、それは」

「もちろんお話ししますが、ものには順というものがありますから。まずは、連れを紹介させていただきます」

　その言葉を合図に、男性が背広のポケットから名刺入れを取り出し、一枚抜いて手渡してくる。

　受け取った名刺に視線を落としたてっ橋は、顔から血の気が引くのを意識した。

（所属が法律事務所で……『弁護士　川原陽一《かわはらよういち》』だって？　そんな、冗談じゃねえぞ。この俺が何をしたってんだ）

「川原です。本日はどうかよろしくお願いいたします」

　弁護士は軽く会釈をしてから、また何かを取り出す。

「最初に、板倉さんに差し上げたいものがあります」

　テーブルの上に茶封筒を置く。ただし、中身は手紙などではないらしく、中央付近だけが高く盛り上がっていた。

「どうぞ、お改めください」

「お改めくださいって……へへへ。弁護士さんも、あたしの稼業はご存じなんでしょう」

ものものしい雰囲気を緩和するためには、おどけるしかなかった。

「こう見えても、浅草亭てっ橋という噺家でしてね。頂戴する封筒の中身はたいがいご祝儀で、それ以外のものはいただかないことになってますが……まあ、そういうわけにもいかなそうですね」

仕方なく手に取ると、中から出てきたのは判子入れ。蓋を開けると、『板倉』と彫られた木製の丸印が入っていた。

どう考えても、ただごとではない。困惑しながら前を向くと、氷のように冷たい京子さんの視線と出会い、ますます不安が高まる。

「あ、あの、これで……あたしに何をしろとおっしゃるんですか」

「念書を書いていただきます」

「念書を……？」

「文面については、私が見本を作成しましたので、そのまま写していただければ結構ですから」

「そりゃ、字くらい書けますけど……あのねえ、このまんまじゃ、ヘビの生殺しなんですよ」

やや強い口調で、てっ橋は言った。胸の内の不安が限界近くまで達していたのだ。

「早いとこ、核心を教えてくださいな。お二人はあたしに、どんな中身の念書を書けとおっしゃるんですか?」

「それについては、私から申し上げましょう」

険しい表情のまま、京子さんが言った。

「今後、もう二度と私の娘と会わない、周囲にも現れないと約束していただくのが念書の内容です」

「は、はあ? 何ですか、それは」

相手の意図を少しも汲み取ることができず、てっ橋は狼狽した。

「あなたの娘さんには、会ったこともありませんけどね。そもそも、あたしが娘さんに何をしたってんですか」

「おわかりにならないようなので……では、はっきり申し上げます」

京子さんが一際《ひときわ》鋭い視線で、てっ橋を睨む。

「私の娘の名前は鈴木恵子。あの子は、まだ高校の一年生なんです」

13

「娘って……あなたの？　ええっ！　まさか、そんなはずないでしょう」

てっ橋は頭が混乱した。とても信じる気にはなれない。

「だって、あなたは田辺さんとおっしゃるんでしょう。それとも、あたしに偽名を教えたんですか」

詰め寄ったが、相手は眉一筋動かさない。

「『田辺』は私の旧姓です。夫の死後も戸籍はそのままにしてありますが、そういう状況で元の姓を名乗る例は世間にいくらもあります」

「旧姓……そうだ。神楽坂にお宅があるなんて言いませんでしたよね。たしか、品川だとか――」

「だから、品川は実家です。このところ、一人暮らしをしている父の体調がよくないので、そちらに泊まることが多いのです。一昨日の晩もそうでした」

「え……ええと、だったら、まあ、嘘と決めつけるわけにもいきませんけれど……」

だんだん歯切れが悪くなってくる。てっ橋は自分がのっぴきならない状況に追い込まれていることに気づいた。十六歳の少女との淫行が都の条例違反であることは明らかで、警察に逮捕され、さらに、起訴されれば、間違いなく東橋師匠から破門を言い渡される。

女性関係のしくじりに関しては甘い体質の業界だが、それは真打ち昇進後の話で、まだ修業中の場合には厳しい制裁が待っている。逮捕が公になれば、廃業は免れないだろう。

（大変なことになったなあ。一昨日は勢いであんなことになっちまったが、いくら何でも軽率すぎた。ああ、困った。いまさら謝ったところで、とても許しちゃもらえねえ）

自然とうなだれ、深いため息をつく。

（きっと、このまま警察署に連れられて……いや、待て。そうじゃねえかもしれねえぞ。ただ罪の償いをさせたいだけなら、一一〇番に電話すれば事は済む。何も弁護士同伴で、こんなところまで俺を呼び出す必要はない。一体、どういうつもりなのか……ん？　これは……）

恐る恐る顔を上げてみると、黒塗りの座卓の上に紙が二枚載っていた。

一枚はただの白紙だが、もう一枚には短い文章が書かれていた。そちらを少し手元へ引き寄せ、目を通してみると、

『鈴木京子様
私は今後二度と鈴木恵子様に近付かず、電話や手紙等で連絡もしないことをお約束いたします。

もしも万一、そのような行為に及んだ場合には、いかなる処罰も受け、金銭的な要求が

あった場合には無条件で応じることを併せてお約束いたします。

昭和五十四年二月七日

(住所)

(氏名)

(捺印)』

(……はははあ。これが念書というやつか。話には聞いたことがあるが、実際に見るのは初めてだな)

白い紙の上には黒ボールペンが一本。どうやら相手も表沙汰になるのは望んでいないらしい。娘の将来を考えれば、むしろそれが当然だろう。てっ橋はほっと胸をなで下ろした。

「板倉さん、念書を書いていただけますか」

「あ、はい。承知いたしました。本当に、ご迷惑をおかけして、申し訳ございませんでした」

二人に向かって深々と頭を下げ、早速書き出そうとしたのだが、川原弁護士はそれを制して、てっ橋の出身地やら家族構成、両親の職業などについて、質問してきた。

(なるほど。もし俺が開き直ったりしたら、そっちに尻拭いをさせるつもりだな)

親に迷惑をかける事態だけは避けたかったが、仮にそうなっても自業自得と諦めるしかない。覚悟を決めて、大体は素直に答えたが、素行の悪い兄についてはごく控えめな表現にしておいた。

弁護士は「あなた、東京都内には親戚がありませんね」と最後に念押しすると、また新たな茶封筒を差し出してきた。今度は先ほどとは違い、全体が平均にふくらんでいて、しかもかなりの厚みがある。

「ええと、これは……？」

「中に二十万円入っています」

「二十万？　そんな大金をなぜ……まさかご祝儀じゃありませんよね」

口に出してしまってから、後悔した。いくら職業が落語家でも、冗談を言っていい場合と悪い場合がある。案の定、向かい合っていた二人はてっ橋の態度に呆れた様子で、揃って眉根を寄せた。

(つまりは、後顧《こうこ》の憂いをなくすための手切れ金というわけか。まあ、金持ちらしい発想ではあるが……)

そんなことを考えていると、しばらく黙っていた京子さんが口を開く。

「あなたがしたことは決して許せませんが、今回の件については、うちの娘にも多少の落ち度がありました。見ず知らずの男性を、自分以外誰もいない家へ入れてしまったわけですから。あまりにも無防備すぎます。

そして、私自身も反省しています。まさか恵子が一昨日、私を毘沙門様へ行かせないため、『お祖父《じい》ちゃんからすぐ来てくれと電話があった』なんて嘘をつくとは思いませんでした」

「えっ？　それは、どういう意味で……い、いえ、立ち入ったことまでは、伺わなくて結構です」

てっ橋はあわてて首を振ったが、わざわざ聞かなくても、大体の事情は察することができた。寺の境内に現れた恵子が『そこで、伝言を頼まれた』と言ったのは、全部出任せだったのだ。

なぜそんな行動に出たのかという疑問は残るが、事実関係自体はこれではっきりした。

「私が今、心を痛めているのはあなたに自宅を知られてしまったことです。もし警察に通報すれば、あなたは逮捕・起訴されるでしょうが、川原先生に伺ったところ、もし初犯であれば執行猶予がつく可能性が高いそうで、その場合、逆恨みされ、つきまとわれて困るのは私たちです」

「いえ、そんな……逆恨みなんてするつもりは、毛頭ありませんから」

「もちろん今はそうでしょうが、これから先のことはわかりません。今回の件が原因で、あなたが落語家を辞め、生活が困窮するようなことになれば、気持ちも変わるのではありませんか」

「それは、まあ、そんな先のことまでは……」

「だから、先生とも相談して、とりあえず念書を書いていただくことにしました。ただし、今後のあなたの出方次第で、警察に通報せざるを得なくなる可能性も残されています。それは、おわかりになりますね」

「はい。よく、承知しております」

何を言われても逆らわず、とにかく頭を下げ続けるしかない。

「それと、念のために申し上げておきますが、うちの恵子には、もう二度とお会いにならない方がいいと思います。身の安全のためにも、そうすべきです」

「もちろん二度と……はい？　身の安全のため、ですか」

そのつもりは一切なかったのだが、ついきき返してしまう。それくらい、場違いな発言だった。

京子さんは険しい眼で、てっ橋を見据え、

「あの子は板倉さんを憎んでいます。したがって、あなたと今度顔を合わせたら、何らかの方法で危害を加える可能性があり、そのことも、私どもとしては恐れています」

「危害を、加える……？」

「ナイフか何かで襲うかもしれないということです」

「あたしが彼女の貞操を奪ったから、ですか。いくら何でも、それは……いいえ、何でも、ありません」

言いかけて、てっ橋は黙り込む。話が大げさすぎるとは思ったが、反論できる立場ではなかった。

（まさかとは思うけど、絶対にないとも言いきれねえな。あの時、ほとんど抵抗は受けなかったけど、あれはあまりにも突然の出来事で茫然自失の状態だったのかもしれない。やがて正気に戻ってから、俺を恨むということは、確かにあり得る。取り返しのつかねえことをしちまったな）

てっ橋は「本当に申し訳ありませんでした」と言い、もう一度頭を下げてから、ボールペンを手に取り、念書を書き始めた。

そして、本文を終え、日付にかかろうとしたところで、

「……そうだ。先ほど二十万円頂戴した件が抜けてますが、あれは書かなくてもよろしいのですか」

すると、二人はちょっと顔を見合わせてから、

「それについては、記載しなくて結構です。例文のみを正確に書き写してください」

川原弁護士がそう答えた。そして、さらに、

「板倉さん、あなた、そこにある二十万円が恵子さんとの、いわば手切れ金だとでも思っていませんか」

「えっ？　いえ、そんなこと思ってやしませんが、まあ、二度と会わないとお約束する代

わりに頂戴するのかなとは……」

「その理解は間違っています。これからご説明するつもりだったのですが、それは、まあ、一種のお礼です」

「お礼……？」

「まったく違う件に関するお礼です。念書とは別に、書いていただきたい書類がありまして」

弁護士がまた別の書類を取り出し、テーブルの上に広げる。それを見て、てっ橋は仰天した。白地に濃い茶で印刷されているその書類は、何と婚姻届だったからだ。

（どうしてこんなものを……俺に、娘の体を奪った責任を取れというのか。いや、そんなはずはない。近寄らないという念書まで書いたのだから。でも、だったらなぜ……？）

顔を上げ、目の前の二人を代わる代わる見たが、無言のまま。困惑したてっ橋は再び書類に視線を落としたのだが、次の瞬間、「あっ！」と声を上げてしまった。

横長の婚姻届の用紙の左上にある氏名の欄。『夫になる人』はもちろん空欄だったが、『妻になる人』の欄には名前が書かれていた。当然、『鈴木恵子』だと思ったのだが、そうではなく、『鈴木京子』で、生年月日は『昭和十三年五月十二日』。

記載されていたのはそこと、左下にある届出人の署名欄だけで、そこには捺印もあったが、あとは提出日も住所も本籍も、もちろん証人の欄も白いままだった。

（……どういうことだ？　俺をおちょくって、おもしろがっているのか）

弁護士同伴なので、普通では考えられないが、それくらいしか妥当な説明が思い浮かばなかった。相手の行動の異常さに、一種の恐怖さえ感じてしまう。

（やることが常軌を逸している。なぜ娘の貞操を奪った俺が、そいつの母親の未亡人と結婚しなきゃならないんだ⁉）

最後まで神妙にしているつもりだったが、こうなれば、真意を問いただすしかない。

そう思い、口を開こうとした時……新たな異常事態がてっ橋を襲った。

最初は気づかなかったのだが、婚姻届の下にもう一枚紙があるらしい。何だろうと思い、上の紙をずらして確認すると……驚いたことに、その紙は黒でも茶でもなく、緑色のインクで印刷されていた。

14

（……ひょっとして、俺は夢を見てるんじゃねえかな。そうとしか思えねえぜ）

どんよりとした曇り空を見上げながら、てっ橋は心の中でつぶやいた。

（それもただの夢じゃねえ。飛びっ切りの悪夢だ。ああ、こういう時に、誰かが『平ちゃん、一つ食わねえかい』と声をかけてくれて……それで、目が覚めたりしねえもんかな

あ）

しかし、ここは床屋の二階ではなく、お寺の境内。辺りを探しても、彼に声をかけてくれそうな人影は見あたらなかった。

同じ日の夕方。てっ橋はすべての始まりとなった善國寺の境内にいた。ここに来れば、毘沙門様のご加護で、悪夢を帳消しにしてもらえそうな気がしたのだ。

時刻はすでに四時半を過ぎていた。神楽坂の寄席は、昼の部のトリの高座の最中だろう。芝居初日の殊勝な気持ちはどこへやら、ここ数日、稲荷町の高座も聞いていなかった。

要求された書類すべてに署名捺印後、解放されて料亭を出たのが午後一時過ぎ。その後、てっ橋はとにかく気を落ち着かせようとなじみの喫茶店に入ったのだが、よほど疲れていたらしく、テーブルに突っ伏して寝入ってしまい、今から三十分前、やっと目が覚めた。

（高校生の娘に二度と近寄らないという念書。そこまでは納得できたんだが、問題はそのあと……あまりのことに、お前と同じ顔になっちまったぜ）

てっ橋が無言で呼びかけた相手は本堂の前にいる阿形の石虎だった。

（恵子が俺をナイフで刺したいほど憎んでいると言われたのもショックだったが、二十万円入りの封筒と一緒に出てきたあの書類は何なんだ？　処女を散らした責任を取って、結婚しろと言うのならわかるが、婚姻届の配偶者の欄は娘の母親で、しかも、ついでに離婚届にまで……一体何の目的があって、あんなまねをしやがったんだろう？）

不審に感じたてっ橋は理由を尋ねたのだが、京子さんはもちろん、川原弁護士にもまともに取り合ってはもらえなかった。『もし将来を誓う相手ができたら、区役所に転籍届を出してください。そうすれば、今回の結婚と離婚に伴う記載はすべて消えます』。そんな答えにもならない答えが返ってきただけだ。

（まあ、いいや。訳のわからない幕切れにはなったが、これでどうやら一件落着らしい。噺家は辞めずに済みそうだ。すっかり嫌になったと思い込んでいたが、いざとなると、未練たっぷり。何かと一緒で、三日やったら辞められねえらしい。それは、まあ、いいとして……ただ、恵子とは、もう二度と会えなくなっちまったな）

何もかもが自分とは違いすぎるので、最初から一夜限りの関係と決めつけていたが、できることなら、ああいう清純で可憐な娘と本気でつき合ってみたかった。何とも皮肉なことに、今頃になって、そんな気持ちが湧いてくる。

（恵子に好かれるのが無理でも、せめて憎まれないようにすべきだったんだが……よそう。いまさら後悔したって始まらねえ。どうかしてるんだ、俺は）

毘沙門様に手を合わせ、境内をあとにする。

神楽坂通りをほんの少し下れば、寄席へ曲がる角。小道に入ろうとした時、

「よお、堅太郎。いいところで会ったなあ」

「うっ……あ、ああ。こんにちは」

声をかけてきたのは田所だった。前回と同様、派手な服装をしているが、今日は連れがいないようだ。

「今日はまた、どうしたんですか？」

「決まってるだろう。お前の落語を聞きに来てやったんだ。ありがたく思えよ」

「えっ……？　ああ、そうでしたか。ご贔屓いただき、ありがとうございます」

芸人の顔になってお辞儀をしたが、内心、てっ橋は警戒していた。あんなことがあった直後だから、相手の腹の内を探らなければならない。

路地の途中での立ち話になる。

「いやあ、お前の芸名を聞いておかなかったのが失敗だった。寄席に電話して本名を言っても、まるで通じねえ。東橋の弟子だと聞いてたから、茨城の出身で、目付きの鋭いやつとか……ふふふふ。怒るなよ。いろいろ説明して、ようやくお前を捜しあて、出演する時刻を教えてもらえたんだ」

田所の口調には屈託がなく、おかしな下心があるようには思えなかった。だとしたら、何とか口裏を引き、こっちが知りたい情報を手に入れなければならない。

そこで、まず鈴木恵子との関係を尋ねてみると、

「ああ、そのことか。あの娘の親父はうちの店の常連だったんだ。鈴木さんといってな、晴海《はるみ》で貿易会社を経営していて、まあ、今も会社はあるんだが、二年前、高速道路を車で

走っていて、大型トラックに追突されて、気の毒なことに亡くなっちまった。奥さんが経営を引き継いだんだが、あまり業績がよくないらしい。優良企業だったんだが、銀行からの借金がかさみ、自宅を抵当に入れるはめになったという噂だ。

亡くなった鈴木さんは俺よりも十歳近く上だったが、なぜかうまが合ってな、よく飲み歩いたし、家族ぐるみのつき合いもしていた。お互いに子供は娘が一人きりだったから、遊園地に行ったり、キャンプをしたり……恵子は俺にとって、娘みたいなもんさ。だから、鈴木さんが突然亡くなった時、俺もがっかりしたけど、恵子の悲しみ方は見ていられないほどでね。もともと父さん子だったから、よほどこたえたんだろうなあ」

説明を聞いて、いくつかわかったことがある。

第一に、恵子が田所の愛人ではというのは、単なる邪推であることが明らかになった。『堂々と手をつないでいた』と思ったのはてっ橋の誤解で、実際になかなか歩こうとしないので、手を引っ張っていたのだという。この説明は、どうやら嘘ではなさそうだ。

第二に、なぜ恵子は母親がてっ橋と会うのを嘘をついてまでじゃましたか。この疑問の答えが出た気がした。母親が亡くなった父親以外の男性と関係をもつのが耐えられなかったのだろう。父さん子であれば、そう思うのは当然だ。

「この間の土曜日は、恵子が高校にほとんど行っていないと聞いて、励ますために会ったんだ。近頃流行の登校拒否とかいうやつさ。贅沢な話だよなあ。俺が学生の頃は、おふくろに叩き起こされて学校に通ったもんだが。

　中野にある中高一貫の私立の女子高なんだ。授業料の高さでは都内でも指折りで、裕福な家庭の娘がほとんどらしい。父親が急死したのが中学二年生の二月で、その後しばらくは落ち込んでいたものの、だいぶ元気になって高校に入学したから、ほっとしてたんだが……まあ、学校も社会の縮図だというしなあ」

「えっ？　それ、どういう意味ですか」

「同じ組に学園の理事長の親戚の娘がいて、そいつがクラス全体を牛耳《ぎゅうじ》っている。理事長といえば王様だから、先生たちも腫れ物《はれもの》に触るような対応だそうだ。親父は大手銀行のお偉いさんで、金持ちが集まる中でも指折りの家庭らしいよ。

　恵子はちょっと陰気な性格だから、強い者にうまく取り入るなんてまねができねえ。最悪の場合、公立に転校させるという手もあるが、今通っている高校には同じ系列の大学がいくつもあって、卒業さえすれば進学先は選び放題。それで、母親の京子さんも迷っているんだよ」

「なるほど。そういう事情で……あれ？　あっ、すみません！　もう行かなくちゃならないんです」

　腕時計を見て、てっ橋はあわてふためいた。話に夢中になり、時間が過ぎるのを忘れてしまっていたが、上がりの時刻まで、あとほんの数分しかない。

「じゃあ、私はとりあえず……ありがとうございました」

「よし、わかった。俺も聞いてるからな。頑張れよ」

田所の声を背中に受けながら、てっ橋は衣装バッグを抱え、神楽坂倶楽部の木戸口へ向かって全力で走り出した。

15

息を切らせて楽屋へ駆け込むと、手前の楽屋に寅市若旦那がいた。てっ橋にとって都合の悪い時を狙っているのではと疑いたくなってしまう。

「おう。やっと来やがった。あと少しで、サラクチに代演を出すところだぜ。そうなりゃ、うちの寄席開闢《かいびゃく》以来だ」

「……も、申し訳、ございません。ちょいと、すぐそこで、古い知り合いに、会ったものですから」

「だったら挨拶するなとは言わねえが、時間に余裕をもって来いよ。ああ、説教はあとだ。早いとこ、支度しとくれ。『たらちね』がもうすぐキレるぜ」

「へ、へい。承知をいたしました」

奥の部屋へ行き、大急ぎで着替えをしていると、

「そうだ。てっ橋、一昨日、お前の噺を聞いた常連さんの一人が『うまくなった』とほめていたんでな、今日は俺も袖で聞かせてもらうよ」

「あ……ああ、さようでございますか。それはどうも、ありがとうございます」

できれば、駆け上がりの高座なんて見てもらいたくはないが、拒絶すれば寄席をしくじってしまう。腹を括《くく》るしかなかった。

ようやく羽織の紐を結んだ時、拍手の音が聞こえ、下座さんの出囃子が鳴り始めた。ぎりぎりセーフである。

バッグから商売道具二つを取り出し、扇子を手ぬぐいで巻いて楽屋を出た。

（袖には若旦那、客席には田所。前門の虎、後門の狼……いや、寅は右手にいるか。さて、何を演ろう？）

早足で歩きながら、てっ橋は首をひねった。

（こういう時、背伸びをすると失敗するから、口慣れた噺を短くまとめた方が利口だろう。だったら、『浮世床』だ。今日は、『講談本』のところを演ってみよう）

袖から高座へ。座布団の上に正座し、前に手ぬぐいを置いて、お辞儀をする。

「ご来場賜りまして、まことにありがとうございます。ええ、世の中には床屋さんというご商売がありますが、以前はてえと、その二階が町内の若い者《もん》のたまり場になっていたんだそうで……。

『何だよ、おい。あすこの隅にいるのは薪屋《まきや》の大将じゃねえか』」

羽織を脱いで背後に落とし、よけいなマクラは振らず、噺に入った。

「『本を開いてるが、あの人、本なんぞ読めるのかい。あやしいもんだなあ。ちょいと、からかってみようじゃねえか。もし、薪屋の大将！　親方ぁ』

『おう。どうしたい。八つぁんじゃねえか』」

ここで手ぬぐいを本の代わりにするのだが、そうしようとして、てっ橋はぎょっとなった。

手ぬぐいを開くと、中から出てきた扇子に紙の切れ端のようなものが挟まっていて、そこに何やら文字が書かれていた。しかも、赤い字で……。

(な、何だよ？　一体、何が挟まってるんだ)

本来であれば、手ぬぐいを手に取る場面なのに、あわてたてっ橋はつい扇子の方を握ってしまった。

「『いえ……あのう、ええと……親方は何をしてますか』

『俺か。俺は、その、本を読んでいるんだ』」

いまさら取り替えるわけにもいかない。仕方なく、てっ橋は扇子を講談本に見立てることにした。

ままよと思い、開くと、挟まっていた紙がはらりと宙に舞う。そしてそのまま、裏返しになって座布団のすぐ前へ落ちた。

「『本て……何の本です？』

『だから、戦《いくさ》の本さ』

『どこの戦です』

『ええとねえ、ど、どこ、だっけなあ。これは……』」

と、ここは、薪屋の主《あるじ》が狼狽する場面だから、おろおろしていても客は演技だと思う。

この機会を利用して、床に視線を落とすと、高座の上の紙は十センチ四方くらいで、長方形というよりは菱形に近かった。周囲の線の曲がり方から見て、おそらくカッターか何かで切ったものなのだろう。

マジックインキで書いたと思われる赤い文字は二つで、裏写りしていたが、この状況では字を解読するのは不可能だった。

（なぜこんな紙が挟まってたんだろう？　昨日は自宅に扇子を忘れちまったから、挟まったのはその前だ。ええと、一昨日、恵子の部屋でズボンのポケットに突っ込んだんだから
……ああっ！　そうか）

突然、記憶が脳裏に蘇った。ベッドの上で、恵子の肩に手をかけた時、彼女が持っていた扇子が机の上へと落ちたのだ。

すべてが終わったあと、てっ橋はあわてて逃げ出したから、挟まったとしたら、まさに

その時。つまり、問題の紙片はもともと彼女の勉強机の上にあったと考えられる。

(机の上に、どうしてこんなものが……うわっ！　し、しまった)

推理などしている場合ではない。ここは高座なのだ。

「『うーん、ええと……なかなか出てこなかったが、やっと思い出したよ』」

かなり長い沈黙だったが、噺の間《ま》のふりをして、無理やり先を続ける。

「『だから、姉様の合戦だ』

『姉様の合戦？　ずいぶん色っぽい戦だねえ。姉川の合戦じゃねえかい』

『そうそう。そうとも言う』」

ふと前方を見ると、正面の一番前の席に田所が座っているのが目に入り、思わず顔をしかめる。

ちらりと右を見ると、下手袖には寅市若旦那が難しい顔で腕組みをしていた。このままではいけないと思うが、てっ橋にはどうすることもできなかった。

「『強情だねえ。姉川の合戦なら、本多平八郎《ほんだへいはちろう》と真柄十郎左衛門《まがらじゅうろうざえもん》の一騎打ちが出てくるだろう』

『うん。今、ちょうど、そこんとこだ』

『じゃあ、一番いいところじゃねえか。読んで聞かしとくれよ』

『えっ？　だ、だめだよ。本なんてものはね、ええと、黙って読むからおもしろいんだ』

『そんなこと言わねえで、頼むよ。そうすれば、みんなが楽しめるんだから』

『まあ、たって頼むと言うなら、それは、まあ、読んでやらねえこともねえが……』」

喋っている間も、自分のすぐ前に落ちている紙片が気になって気になって、とても噺に集中できなかった。

「『じゃあ、読むから、静かに聞けよ。え、ええとぉ、この時、まかはらじゅ……じふらふら、じゆらふさへ、へへもんふぁ……』

『おい、どうしたい？　どこからか、息が漏るぜ』」

『真柄十郎左衛門』をかな読みしながら息を吐く場面で、てっ橋はついに我慢しきれず、高座に落ちていた紙片を指先で裏返してしまった。

次の瞬間、てっ橋は心臓をわしづかみされた気がした。

紙に書かれていた文字は、何と『板倉』だったのだ。それだけではなく、赤い二文字はかろうじて原形をとどめてはいるものの、明らかに意図的にカッターで切り裂かれていた。

(これは恵子の仕業か？　母親の京子が『俺を殺したいほど憎んでいる』と言っていたが、すると、腹癒《はらい》せのためにこんなことを……つまり、『写真の仇討ち』だ。

馬八兄さんが、その昔は、写真ではなく、起請文で文字に小刀を刺していたと教えてくれたが、じゃあ、恵子は、自分を犯した俺を呪おうとして……)

「おい！　何をやってるんだ」

「えっ……？」

はっと我に返ると、客席がざわついている。十秒か二十秒か、それはわからないが、てっ橋は高座の上で完全に絶句してしまったらしい。

声をかけ、正気に戻してくれたのは田所だった。心配そうに、てっ橋を見上げている。さすがに心配になったのだろう。

横目で右を見ると、苦りきった若旦那の顔が視野の隅にとらえられた。

（まずい！　このままだと、大変なことになる）

「『ど、どうしたんだよ。ぼけっとしてさ。あの、十郎左衛門てんじゃねえのかい』

『ああ、そうそう。板倉……板倉、四郎右衛門……あ、あのう……』」

台詞を言い間違えたとたん、てっ橋は頭が真っ白になった。

客席に濃い霞《かすみ》がかかったように、何も見えなくなる。

「失礼いたしました」と言い置いて、下手へ引っ込もうとしたが、いつもの癖で羽織を拾い上げたところ、二、三歩歩いたところで、紐の先を踏み、足がもつれて転んでしまう。

その瞬間、今まで聞いたこともないような大爆笑が客席で弾けたが、てっ橋にはその声がどこか遠い世界から聞こえてくるように感じられた。

（し、写真の、仇討ち……板倉、呪い殺される……）

全身が脱力し、立ち上がれない。客の嘲笑を浴びながら、てっ橋は高座の上を懸命に這い続けた。

16

「……というわけなんでございます。あの、師匠、うまくまとめることができず、長々と申し上げましたが、最後までおつき合いいただき、まことにありがとうございます」

翌日の午前九時半過ぎ。場所は稲荷町の長屋の居間兼客間だ。

お辞儀をしたてっ橋は大きく息を吐いた。節分の晩、善國寺近くでの出会いから語り始めたから、本当に長くなってしまったが、師匠は時々相槌《あいづち》を打ちながら熱心に聞いてくれた。

室内に沈黙が訪れると、ポコポコポコッという音が聞こえ出す。話の途中から、師匠がサイフォンでコーヒーをいれ始め、ちょうど今、湯が沸いたところだ。師匠の脇には、普段通り、おかみさんが控えていた。

「いやあ、まとまってないこたないよ。手際はなかなかのもんだ」

稲荷町の師匠が軽く首を横に振る。

「ただ、今度のは、あんまりおもしろくはないねえ」

「おもしろく、ない……ええと、どういう意味でございましょうか」

「謎が簡単すぎると言ってるのさ。ほとんど、もう答えは出てるじゃないか」

「えっ、答えが、出てる……？」

自信たっぷりに言いきられ、てっ橋は言葉を失ってしまった。さすがに、すぐには信じる気になれない。

昨日の神楽坂の夜の部。サラクチの高座は惨憺《さんたん》たる有様で、楽屋へ戻ったてっ橋は寅市若旦那から厳しく叱責された。それももちろん痛手だったが、てっ橋にとっては、自分の周りで起きた一連の出来事の不可解さの方がはるかに衝撃だった。

逃げるように自宅へ戻り、懸命に状況を理解しようと努力したが、翌日の明け方まで考えても、筋の通った説明には至らなかった。しかし、ほかの誰かならば、そこから意味を汲み取れるかもしれない。

てっ橋の頭にまず浮かんだのは馬八兄さんの顔だったが、あいにく、九州を回る仕事に出たばかりで、十日後でないと東京には戻らない。

こうなれば恥を忍んで名探偵にすがろうと思い、夜が明けるのを待ちかねて、稲荷町へ駆けつけたのだが、意外な反応を示され、面食らってしまった。

（いくら何でも、ちょいと話を聞いただけで真相を見抜くなんて……いや、疑う方が間違ってるな。俺なんかとは頭の構造が違うんだ。ここは師匠を信用して、ご教示願うことにしよう）

ただし、説明の中で、てっ橋はたった一つだけ嘘をついていた。鈴木恵子の部屋での出来事についてだが、ベッドへ押し倒して以降のことはすべてなかったことにして、『肩を抱き寄せたら、キャーと叫ばれたので、あわてて逃げてきました』。曲がったことが大嫌いな師匠の前で、条例違反となる行為があったとは到底口にできなかった。

てっ橋が戸惑っているうちに、沸騰した湯が細い管の中を上昇し、コーヒーの粉と出会う。師匠はスプーンを取ると、慣れた手つきでかき回し始めた。師匠の趣味の一つが茶道だが、同時にコーヒー好きとしても知られ、専門誌から取材されたこともあった。

アルコールランプの青い火を消し、上半分を抜いて、フラスコからカップへコーヒーを注ぐ。

「ほら、お飲み。コ、コ、コーシーはキリマンジャロのストレートがおつだよ」

『コーヒー』を『コーシー』と発音するのは、典型的な江戸訛り。師匠は品川の生まれで浅草育ちである。

「すみません。ありがたく頂戴いたします」

カップを手に取り、口元へ運んだが、香り高く、味も申し分ない。

稲荷町の師匠は自分もコーヒーをすすりながら、

「……とどのつまり、お前さんはあたしに何がききたいんだい」

「えっ？　いえ、それは……いろいろありますが、やはり一番は『板倉』と書かれた、その紙っ切れですかね」

問題の紙片は顚末の説明の途中で取り出し、見てもらっていた。今は師匠のすぐ前の机上にある。

「ああ、これかい。うふふふ。なるほど。こりゃあ、確かに『指切り』と同しだ。『智伯の恨み、思い知れぇ！』なんて、声が聞こえてきそうだけど……でもさ、もしもさっきの話の通りなら、この文字は、お前さんがその娘の部屋に入る前に、もう書かれていたはずだろう」

「え……ええ、はい。さすが、ご炯眼《けいがん》です」

てっ橋は驚嘆した。若い自分が何時間もかかって、やっとたどり着いた地点に、師匠はほんの数分で到達してしまっていた。

「高座の上ではじっくり考える時間なんてありゃしませんから、ついうろたえちまいましたが、改めて振り返ってみると、もともと勉強机の上に紙の切れ端が載っていて、その上へ開いた扇子が落ちた。そいつをろくに見ずに閉じたので、紙が挟まり、気づかないまま神楽坂の寄席の高座まで運ばれた……そう考えれば、つじつまが合います。

ですから、『恵子がナイフでお前を襲うかもしれない』なんてのは、たぶん、母親の京子さんが娘からあたくしを遠ざけるためについた嘘だったんでしょうね」

「まあ、そうだろうけれど、でも、その場合、念入りに切り裂かれていた二文字は？　あれはどういう意味なんだね」

「その件については、昨夜ずいぶん悩みましたが、明け方近くになって、やっと合理的な解釈を見つけました」

「ほほう。そいつはお手柄。ぜひ聞かせてもらいたいね」

「正直な気持ちとしては、自分のこの解釈が見当外れのでたらめであってほしいのですが……」

てっ橋はさすがにためらった。途方もなく残酷な推論だったからだ。

「とにかく、言いかけたのだから申し上げます。鈴木恵子はこの私と出会う前から『板倉』を恨んでいて、復讐するために、私をあの家へ引き入れた。そうとしか思えません。切り裂かれていたあの紙はいわば練習です」

「お前さんと、会う前から……そして、仕返しの練習かい」

師匠がけげんそうに眉を寄せ、テーブルにカップを置く。

「一体、どういうことだね？」

「二年前、あの娘の父親が交通事故で亡くなっていますが、その加害者となったのは大型トラック。師匠にお話しするのは初めてかもしれませんが、あたくしにはトラックの運転手をしている兄が一人おります。そして、一歳上の兄とあたくしはよく双子と間違われたほど瓜二つ。どうせ紛い物であっても、腹癒せの道具として刃物を突き立てるのなら、起請文よりは写真がいいし、写真よりはよく似た人間が……そう思ったとしても不思議はありません」

17

「最初に会った時、恵子は私の『板倉』という名字を聞いて、過剰と思えるほど大きな反応を示しました。あの時は訳がわかりませんでしたが、そもそも『板倉』なんて名字はめったにありませんし、因果なことに、あたくしはガキの時分から兄貴と顔がそっくりでした。もう十年会っていませんが、今でも相当似ているはずです。

もし二年前に起きた父親の死亡事故の相手が兄だったとしたら、謝罪に自宅を訪れたかもしれないし、そうでなくても、新聞記事か何かで写真くらいは見ているでしょうから、『あっ、こいつはきっと弟だ』と思ってもおかしくはない。父さん子だったそうですから、相手のドライバーへの憎しみはまだ癒えていないでしょうし……」

「ははあ。それで、自分で仇を討つ決心をしたってわけかい。写真ならぬ生き人形でね。だとしたら、お前さんは命拾いをしたってわけだが……ふふふふ」

カップを持った右手を宙で止め、稲荷町の師匠が低い声で笑い出した。

「えっ？　あの、どうかされましたか」

「ごめんごめん。いやあ、圓朝《えんちょう》師匠のお作で『操競《みさおくらべ》女学校《おんながっこう》　孝女お里《さと》の伝』なんてえのがあるけど、こいつは『お恵の伝』だねえ。いい人情噺になるよ」

「師匠、からかわないでください」

「別にからかっちゃいないけれど……まあ、さっきのお前さんの話は、ただの思い過ごしのような気が、あたしゃ、するがねえ」

「思い過ごし、ですか。ええと、それはなぜ?」

「だって、考えてもごらんよ。日本中の道路を走っている大型トラックは何十万台、何百万台あるかわからない。その中で、娘の父親の車に追突した一台のハンドルを握っていたのがたまたまお前の兄さんだったなんて、そんな偶然があると思うかい」

「それは……確かに、おっしゃる通りかもしれません」

『この解釈以外にはあり得ない』とあれだけ思いつめていたのに、あっさり納得させられ、何の反論もできない。考えてみると、あまりにも短期間に異常な体験をしすぎたせいで、感覚が狂っていたのかもしれなかった。

「だけど、お前さんの見立てが全部間違ってたってわけじゃない。いいとこを突いてるよ。やっぱりさ、京子さん……といったかねえ。娘の母親がお前に誘いをかけてきた訳を読み解くのが、一番肝心だろうね」

「なぜ誘ったか、ですか。それは、未亡人になって二年経ち、男なしでは我慢が……いや、待てよ。金はたんまり持ってるんだから、男が買いたければ、もっと安全な方法がいくらでもありますよね。こんな風采《ふうさい》の上がらない野郎に誘いをかける必要はありません」

「ちょいと、てっ橋さん。そんなに自分を卑下《ひげ》しなくたっていいよ」

と言ったのは、二人の会話を黙って聞いていたおかみさんだった。

「鏡をよおく見てごらんよ。苦み走った、いい顔してるじゃないか。女がほれたって、何の不思議もない。もっと自信をおもち」

「あ、ありがとうございます。そこまでほめていただくと、何だか、体中がくすぐったくなります」

「おい。大丈夫かい、おばあさん。この俺を捨てて、てっ橋と所帯をもとうなんて魂胆があるんじゃなかろうな」

「心配いりませんよ。もしそうなったら、旦那の世話をする者がいなくなります」

師匠の突っ込みにも、おかみさんはまったく動じない。お互いを『おばあさん』『旦那』と呼び合い、とても仲がいいのだ。

「話を戻すことにしよう。じゃあ、鈴木京子さんが神楽坂の寄席へ来た理由は何なんだ？ どうやってお前のことを知ったか。落語については何一つ知らなかったそうだから、高座を見てほれたとは思えないだろう」

「はい。もちろんそうですが……だとすると、知名度なんてカケラもありませんから、娘から何か聞いたとしか考えられませんよね」

「その通り。だから、お前さんのさっきの仮説も、結構いいところを突いてたんだよ。その母娘《おやこ》には『板倉』という珍しい姓をもつ人間に会って、驚く理由がちゃんとあったのさ」

「板倉という名字に驚く理由、ですか。それはまた、どうして……」

「探してたんだろうね。ああ、『捜査』の『捜』じゃなくて、『探偵』の『探』だよ」

「タンテイノ、タン？　ははあ、なるほど」

要するに、漢字の使い分けだ。『捜す』が『犯人』『落とし物』など『見えなくなったものを見つける』という意味なのに対して、『探す』は『仕事』『空き家』など『欲しいものを見つける』。

（つまり、『板倉ナントカ』という名の男なら誰でもよかったということか。なぜ、そんなおかしな探し物をしていたんだろう？）

考えてみたが、さっぱり見当がつかない。馬八兄さんならば充分にワトソン役が務まるだろうが、てっ橋には荷が重すぎた。むだな抵抗はやめ、あっさり降参して教えを請うと、

「わからないかい？　だって、当の本人はお前さんじゃないか。茶色と緑の紙に、二枚同時に署名捺印したってんだろう。いやあ、そいつは手練《しゅれん》の早業《はやわざ》だ。なかなかできることじゃあないよ」

「そんな、師匠、からかってばかりじゃ……えっ、婚姻届と離婚届？　そうか。確かに、肝心なことを忘れてました。もしかすると、あれが、あたくしに近づいてきた目的だったんですかね」

「あたり前さ。ただの道楽で、そんなことを仕掛けるべらぼうがあるもんかい」

「そりゃ、そうでしょうが……ただ、何の目的で？」

結局、最初の疑問に戻ってしまう。完全な堂々巡りだ。

てっ橋がしきりに首をひねっていると、

「困ったもんだねえ。皆まで言わないと、わからないというのは……まあ、いいよ。それなら、教えてあげるから、あたしの質問に一つ一つ答えてごらん」

「承知いたしました。申し訳ございません」

「その娘は近頃、高校に通っていなかったんだろう」

「あ、はい。今年は一日も通っていないと言っていました」

「だったら、もう丸々一月《ひとつき》だ。で、行かない理由は何なんだい？」

「それは『楽しくないから』と……あっ、待ってくださいよ。それは本人から聞きましたが、家庭の事情をよく知っている寿司屋時代の先輩の話だと、『同じ組に理事長の親戚の娘がいて、クラスを牛耳っているんだが、恵子とはウマが合わない』とか何とか……」

「早い話、そいつに嫌がらせをされていた、いじめられていたってことじゃないのかね」

「え、ええ、まあ。どれくらい深刻なのかはわかりませんが……いや、一カ月続けて欠席するような状態に追い込まれたんですから、相当ひどいめに遭ったと考えるべきでしょうねえ」

師匠の示唆によって、事の全貌が少しずつ姿を現してきたが、まだまだおぼろげだ。あと少しで真相をたぐり寄せられそうな気がするだけに、もどかしくてたまらなかった。

「いいかい。薄情なようだがね、手がかりは次でおしまいだよ。これで気づかなかったら、手前《てめえ》の脳の働きが鈍いのを恨んで、とっとと帰っとくれ」

「そんな……いえ、何でもありません」

大の人情家で、懐も深い師匠だが、若い頃のあだ名は『トンガリ』。些細なことで激怒し、そうなったら手がつけられなかったという。甘えすぎてはいけないのだ。

「承知いたしました。どうぞ、おっしゃってください」

「うん。だったら言うよ。よくお聞き」

師匠はてっ橋を見据えながら、軽くうなずき、

「あたしゃ、尋常小学校に通ったっきりだから、高校のことなんざわからないけど、組替えというのはいつやるんだい」

「組替え……ああ、クラス替えですか。あたくしの行った高校は一年から二年に進級する時でした。学校ごとに違いますから、一概には申せませんが、たぶん、それが主流だと思

います。特に進学する生徒が多い高校では、理系と文系に分ける都合がありますから。中野の何という女子高かは聞き漏らしましたが、大学進学者が多いらしいので、たぶんそこも一年と二年の間でしょうね」

「ふうん。ところで、話は変わるようだが……その娘の鈴木恵子という名前は、世間一般では珍しい部類に入るかねえ」

「はい？　いやあ、とんでもない。珍しいどころか、もしかすると、日本一ありふれた名前かもしれませんよ。クラスにあと一人か二人いても全然おかしくないような……ん？　それほどよくある名前で、今度、クラス替えを……ああっ、わかった。わかりましたぁ！」

思わず、叫び声を上げてしまう。ばらばらだったパズルのピースが、てっ橋の脳裏の中でパチリパチリと音を立てて、本来あるべき場所に移動し始めた。

18

「すると、恵子をいじめていた娘も、実は恵子だった……ええと、その、鈴木恵子に嫌がらせをして、登校拒否にまで追い込んだ同級生の名前も『恵子』だったのですね！」

「うん。まあ、それで、まず間違いないと思うね」

興奮するてっ橋を、稲荷町の師匠が宥めるようにうなずく。

「これはね、さっきお前が言ったトラックの運転手の話とは違って、世間にざらに転がってることとさ。むしろ、同し恵子という名だったからこそ、いじめられたのかもしれない」

「確かに、身近に同じ名前の娘がいれば目障りかもしれません。その可能性はありますね。すると、早い話、いじめっ子の方の恵子の名前が『板倉恵子』だった。つまり、そういうことなんですか」

「うん。だから、世間に少ない同じ名字の男を探していたとしか考えられないね。そいつと母親の京子が形だけでも夫婦《みょうと》すれば、娘は『板倉恵子』になれる。同じクラスにその名前の生徒が二人いたら、何をするにも紛らわしくて困っちまうよ。そうだろう」

（……そういう企みがあったのか。こりゃ、奇抜だ。俺なんかの頭じゃ、生涯かかっても、とても見抜けやしねえぜ）

　てっ橋の前に二枚の書類を差し出し、一度に署名捺印させた理由がやっとわかった。

　まず区役所に婚姻届を出し、板倉堅太郎を筆頭者とした戸籍謄本の写しをもらって、それを高校に提出する。その際、『周囲からうるさく言われると傷つくから、名字が変わることを公表するのは春休み後にしてください』と頼んでおく。

　クラス替えの作業をするにあたって、同姓同名は別々のクラスに振り分けるのが大原則だから、現在の『鈴木恵子』と『板倉恵子』が一緒の組になることはまずあり得ない。そして、高校入試も終わった三月末くらいになって、今度は離婚届を役所へ提出し、新たな謄本の写しを高校側に見せて、『性格が合わず、短期間で別れることになってしまいました』とでも言えば、二年生の名簿は鈴木姓のままだ。

確認のため、てっ橋は師匠の前で以上の通り、話をすると、

「それでいいよ。ただね、お前が京子さんと入籍しただけじゃ、娘の姓は元のままだ。変えるためには、養子縁組の手続きをする必要がある」

「えっ？　そうなんですか。そんな書類を書いた覚えはありませんけれど」

「まあ、向こう様も書かせるつもりはないだろうね。要は、学校の先生たちをだまくらかせばいいわけだから、母親の新しい戸籍を見せて『母娘《おやこ》で名字が違うと、何かと不都合ですから、近々新しい亭主と養子縁組をいたします』と言えばいい。まず疑われる心配はないさ」

「ははあ、なるほど。それならば、恵子の戸籍自体はいじらずに済みますね。うまく考えたもんだなあ」

「板倉恵子という娘は理事長の威光を笠に着て、憎い相手を退学にまで追い込みたい。そこまで考えていたのかもしれないね。学校の規模は知らないけど、それなりに大きな高校なら、別の組の者にまでは手が出しづらいもの」

「いわば、中退を避けるための緊急手段だったわけですね。ただ、親戚である理事長に頼み込んで、同姓同名を無理やり同じクラスにしてもらうことだって、できたんじゃありま

せんか」

「いや、いくら何でもそれは無理だ。もしそんなことをすれば、誰もが『なぜわざわざこんなことを』と考える。生徒や保護者の間でおかしな噂でも立ったら、あとが面倒だよ。それに、いくら何でも理事長様に『あの娘をいじめたいから、一緒のクラスにしてください』とはまさか言えまい。

　鈴木さんの側でも、もちろん学校に事情を話して、善処してもらうのが本寸法《ほんすんぽう》なわけだけど、その手が効かなかったところを見ると、もしかすると、左前になりかかっている貿易会社がいじめっ子の親父が重役をしている銀行から融資でも受けていたのかもしれない」

「弱みを握られていたってわけですか。なるほど。その通りかもしれません。おかげさまで、謎は大体解けましたが……ただ、あれですねえ」

　てっ橋が苦笑しながら、頭をかく。

「先ほど、おかみさんにおほめいただきましたけれど、結局、母親が私にほれたなんてことはありませんでしたね。婚姻届と離婚届に判を押させるのだけが目的だったわけですから」

「いや、そうとは限らないさ。途中から遊び心を起こしたのかもしれない。ただ、そのあたりは、あたし程度の頭じゃ推し量れないなあ」

「いえいえ、滅相もございません。師匠の推理力にはほとほと感服いたしました。まさに超人的だと思います」

「ベンチャラを言わなくたっていいよ」

「いいえ、決してお世辞なんかではございません」

「そうかい。ただ、楽屋なんかで噂にするのはよしとくれ。あたしが名探偵のまねごとをしたなんて言うと、わらうやつがいるはずだから……ええと、ところで、ねえ」

コーヒーを飲み干した稲荷町の師匠がソーサーにカチャリとカップを載せる。

「一つききたいことがあるんだよ。お前、鈴木さんから二十万円頂戴したんだろう」

「え、ええ、まあ。確かに」

そこについては、多少躊躇はしたものの、包み隠さずに打ち明けていた。

「それがよかったかどうかはひとまず置くとしてだ、向こう様の立場に立ってみると、相手は得体の知れない芸人風情《ふぜい》。あとで、さらに金を揺すられるなんて心配はしなかったのかねえ。怖くはなかったのかな」

「えっ？　いやあ、そのあたりは、あたくしにはよくわかりませんが……」

「普通ならば、そこらへんを一番に気にすると思うよ。それとも、お前、向こう様に何か弱みでも握られていたのかい」

「い、いいえ、そのう……」

胃のあたりが、鉛の塊でも飲み込んだように重くなった。口の中が乾いて、うまく舌が回らない。

「そんな、ことは、あの、ないと思いますが……」

「ふうん。そうかい」

分厚いレンズの奥の師匠の眼が次第に光を帯びてきた。

「だったら、もう一つ尋ねるが、お前、昨日、神楽坂のサラクチで自分が脱いだ羽織の紐を踏んで転び、袖まで這ってたどり着いたそうじゃないか。その話は、さっき聞かなかったなあ」

「いえ、それは、別に隠したわけではございません。そこまで言う必要がないと考えまして……」

「だったら、それでもいいが、高座でそんな醜態を晒《さら》した原因は、ここにある紙っぺらを見たせいだろう」

師匠がテーブルの上の『板倉』と書かれた紙片を指差す。

「恵子さんという娘が自分の名前に仇討ちをしていた。そう勘違いしたわけだろうが、ただ肩を抱き寄せただけで、そこまで周章狼狽した理由は何だったんだい？」

「ううっ……そ、それは、そのう……」

「おい、てっ橋！　お前、あたしの眼が節穴だとでも思っているのか⁉」

大声で一喝され、てっ橋は即座に畳の上に平伏する。

「お前がそのお嬢さんに何をしでかしたのか、それくらい、最初《はな》っから俺には見当がついてたんだ。いつまでもしらを切りやがると、今後家《うち》の敷居はまたがせねえからな。俺が東橋に電話一本入れりゃあ、お前は二度と高座に上がれなくなるんだぞ！」

「も、申し訳ございません。あたくしの心得違いでした。ご明察の……通りでございます」

恐怖のあまり、いつの間にか、てっ橋は泣き出していた。

（……ああ、とんでもないことになった。そもそも落語界一の名探偵を、自分の都合よく使おうなどと考えたのが間違いだったんだ。稲荷町から東橋師匠に話をされれば、今度こそ、噺家廃業は待ったなしだ）

畳に額をすりつけ、震えていると、

「てっ橋さん、顔をお上げよ」

声をかけてくれたのはおかみさんだった。

怖々顔を上げると、おかみさんは緑茶の入った湯飲みをてっ橋の前に置き、

「はい。まあ、これでも飲んで、少し気を落ち着けたらいい」

「あ……ありがとうございます」

「まあ、旦那が怒るのも無理はないけど、相手の娘さんと同《おな》し女として一言だけ言わせて

もらうと……てっ橋さん、あんたがまずすべきことは、今すぐにでも恵子さんのところへ行き、土下座してでもお詫びすることだと思うよ。ねえ、旦那、そうでしょう」

「うん。おばあさんの言う通りだよ。とにもかくにも、まずはそれからだ」

表情は険しいままだったが、師匠の口調はさっきの怒りが嘘のように穏やかだった。

「あの、はい。おっしゃる通りです。本当に……申し訳ございません」

やさしく諭され、また新たな涙が湧いてくる。

「それからねえ、てっ橋さん、理屈屋の旦那とは違って、こりゃ、ただのあたしの勘なんだけど……言ってもいいかしら」

「もちろんで、ございます。ぜひお伺いしたいです」

「そうかい。だったら、言うけど……」

おかみさんが少し身を乗り出し、てっ橋にほほ笑みかける。

「恵子さんがね、お前さんに嘘をついてまで、母親の京子さんが会うのを止めたのは、父さん子だったからじゃないと思うよ」

「はい……？　それは、どういう意味でございましょう」

「鈍いねえ。きっとその娘さんは、お前さんにほれてたんだよ。だから、二人が深い仲になるのがどうしても許せなかったのさ。たぶんね。うふふふふ。これは、旦那にも窺《うかが》い知《し》れない女心ってやつさ」

エピローグ

「……ははあ。つまり、そういういきさつで、奥様の恵子さんと出会ったわけですか。ドラマチックな話ですねえ」

だいぶ腹がふくれてきたらしく、客は日本酒を盃でちびりちびりと飲み、時々、お代わりした塩辛の小鉢へ箸を突っ込んでいた。

「それにしても、稲荷町の師匠が名探偵だったという話は寡聞《かぶん》にして知りませんでした」

「噺家仲間だって、知らねえ連中が多いですよ。師匠から口止めされてましたから、楽屋雀の噂にもならなかった。まあ、馬八兄さん……今の馬春師匠は『彦六ホームズだ』なんて、よく言ってましたがね」

「なるほど。ホームズですか。で、彦六と改名されたのはいつでしたっけ？」

「昭和五十六年の一月。八十五歳の時で、亡くなったのはその翌年ですけど、最後まで頭ははっきりしてました。何しろ、病院のベッドの中で解決しちまった事件まであったんですから」

「ええっ？　そりゃ、すごい。その話をぜひとも……」

「だったら、あと何回かは通ってもらわないとねえ」

「あ、はい。ごもっともです。話を戻しまして……十六歳年下の女性とご結婚されたわけですけど、母親……つまり、親父さんから見れば義理のお母さんからは反対されなかったんですか」

「そんなもの、もちろん大反対だよ。決まってるじゃありませんか」

　主は少し前から焼酎のお湯割りに切り替えていた。しかも、コップでぐいぐい飲むため、顔全体が赤くなっていた。

「恵子の母親の京子……字は京都の『京』だ。昔はたいがい女ってえと『子』の字がつくから、自然と似ちまいますね。とにかく、そいつはあたしを泥棒呼ばわりした上、半狂乱になって、どうにも手がつけられねえ。仕方ないから、駆け落ちしました」

「駆け落ち？　そりゃ、落語の中にはよく出てきますけど……ずいぶん思いきったことをなさいましたねえ」

「仕方なかったんだよ。自分にとって、都合の悪い念書を書かされてたからさ。二人手に手を取って九州まで逃げ、結局、そのせいで噺家も辞めることになって、東橋師匠にも稲荷町の師匠にもとんだ不義理をしちまったけど……でも、後悔はしてませんよ。落語に代わる宝物を手に入れたわけだから。

　悔いがあるとすれば、一度でいいから、稲荷町とおかみさんに自分の握った寿司を食べてもらいたかったねえ。おかみさんはそもそも寿司屋のお嬢さんでね、夫婦揃って、握り寿司が大好物だったんだよ」

「なるほど。お気持ちはよくわかります。だけど、父娘《おやこ》に近いほど年の違う女子高生にそこまでほれられるとは、親父さんも相当な色男だったんですねえ」

「いやあ、そんなことないよ。あとからわかったんだけど、三十七年前には、女房の方に駆け落ちを後押しするような理由がちゃんとあったのさ」

「駆け落ちを後押しする理由、ですか」

「うん。京子さんて女《ひと》は大変な浮気者でね、旦那が生きてるうちから男遊びが激しかった。恵子はそのことを知ってたから、母親を毛嫌いしていて、何とか機会をつかまえて家を出たいと思ってたらしいんだ。

　そんな事情がわかってから、『俺はただ利用されただけなのか』と思って悩んだ時期もあったけど、そのうちにそんなことは考えなくなった。そんな思惑が交じっていたとしても、途中からのあたしへの愛情は本物だと信じてるからね」

「ご馳走さまです。まあ、その通りだとしても、多少ファザコンの気はあったかもしれませんね」

「まあ、それは確かに。父親を早く失った娘が、その寂しさを年上の男とつき合うことで埋めるてえのは、よくあることだ。

幸い、寿司職人としての腕は一人前だったから、どこに行っても二人で頑張って働けば、食べていくことはできた。そして五年後、恵美が生まれて、おかげで、京子さんにも二人の結婚をようやく認めてもらえたのさ」

「ああ。やっぱり孫はかわいいいんですね」

「そりゃ、そうだよ。そして、その恵美がすくすくと育ち、年頃になって、幸せな結婚をしてほしかったんだが……さっき話した通りの事情でいろいろあって、今は福岡に住んでる。おかげで、たった一人の孫の紘華にもめったに会えやしねえ。

今年の正月には里帰りしなかったから、もう丸二年近く顔を見ちゃいませんよ。来年こそはと楽しみにしてるんだけど、どうなりますかねえ」

「あのう、ところで……」

「また『ところで』かい。本当に好きなんだねえ。いっそ、箸休めに心太《ところてん》でも出そうか」

「そんなもの、あるんですか」

「あるわけねえだろう、冬の最中《さなか》に。シャレだよ、シャレ」

「え、ええと、紘華ちゃんが戻ってきませんけど……大丈夫なんですか。外は雪ですよ」

「えっ？　いや、心配はご無用。アーケードの下を歩いてるはずだから……ああ、噂をすればナントヤラ。帰ってきたようだ」

ガラス戸を叩く音がしたが、拳ではなく、もっと柔らかい物で叩いているらしい。

その時、ちょうど外を車が通り過ぎる。雪の虫食いは相変わらずだが、人影らしきものは見あたらなかった。

それでも、客は椅子から立ち、いそいそと出口まで行って、戸を開ける。

「紘華ちゃん、お帰りなさい！　寒かっただろう」

入ってきたのは一匹の猫。体毛の大半は白で、頭と脚の先、尾に茶色と黒の縞があった。三毛猫は体をブルブルッと震わせて雪を払い落としてから、店内をゆっくりと進み、さっきまで客が座っていた椅子にひょいと跳び乗る。

「お帰り、紘華。昼間っから出かけてたから、腹が減っただろう。寿司でも食うかい。おう。そうか、そうか。ちょっと待ってろよ」

主が手早くイワシを握り、笹の葉に載せて猫の足元に置くと、行儀よくお座りをしたまま、すごい勢いで食べ始める。

「いやあ、いい食べっぷりだ。本当に珍しいですよねえ。寿司飯が好きな猫なんて」

「うちの紘華はもう十歳だから、猫としてはいい年だけど、何とかあと五、六年は生きてもらわねえとね」

「最初はピンと来ませんでしたけど、途中で気がつきましたよ」

食事中の猫の背中を客が手でそっとなでる。

「紘華ちゃんがいなくなった寂しさを紛らすため、親父さんが猫に孫と同じ名前をつけた……考えてみれば、ごくあたり前の話でした」

「うん。こいつはもともと知り合いん家《ち》の猫だったんだけど、引っ越しで飼えなくなると言うから、譲ってもらい、移籍後に『タマ』から『紘華』に改名したんだ」

「改名……何だか、落語家さんみたいですね。おい、どうだい、紘華ちゃん二号。お互い二号同士で、僕と一杯やらないかい?」

　しかし、次の瞬間、握りを食べ終えた三毛猫は椅子から跳び下り、店の奥の小上がりへ行き、毛繕いを始める。

「逃げられちゃったか。ああ、そうだ。親父さん、どうなんです? 現役の噺家さんとは、今、おつき合いがあるんですか」

「浅草には寄席があるから、帰りに寄ってくれる人もいるよ。馬春師匠は足が弱くなっちゃったから、たまにしか来られないけど、よく顔を見せてくれるのが、稲荷町の末のお弟子さんで、道具入り芝居噺を立派に引き継いでいる林家正 雀《しょうじゃく》師匠だな」

「へえ。そいつは耳寄りな情報ですね。実は私、大ファンなんですよ。だったら、今後は足しげく通って……いや、あの、もちろんこちらに来る最大の目的は、親父さんの寿司ですからね!」

あとがき

はるか昔、大学の落語研究会に所属していた頃、知人に連れられて、稲荷町の正蔵師匠のお宅に伺ったことが二回あります。どちらも、その後は出演中の寄席に招待され、上野鈴本演芸場では『蛸坊主《たこぼうず》』を、国立演芸場では『中村仲蔵』を聞かせていただき、持参した扇子にサインまで頂戴することができました。

昭和の名人の一人であり、人間的にも独自の人生哲学が魅力的な師匠を探偵役にしたミステリーを書きたいという気持ちはずっと以前からありましたが、実現できるとは思っていませんでした。こちらの勝手なお願いにもかかわらず、名前の使用をご快諾くださったご遺族と、取材へのご協力に加え、すばらしい文章を寄せてくださった林家正雀師匠に心より感謝申し上げます。

また、本の制作にあたり、物語の世界そのもののカバーを描いてくださった森英二郎さん、デザインを担当されたnext door designの岡本歌織さん、そして、中央公論新社の三浦由香子さんに大変お世話になりました。本当にありがとうございます。

なお、この作品の舞台となった神楽坂倶楽部の三十数年後を描いた『神楽坂謎ばなし』

『高座の上の密室』『はんざい漫才』（文春文庫）、また作中に登場する山桜亭馬八が六代目馬春となって、探偵役を務める『「茶の湯」の密室』『手がかりは「平林」』（原書房）などの作品がありますので、合わせてお楽しみいただければ幸いです。

最後に、この物語には一部実在の人物が登場するものの、内容はすべてフィクションであり、特定の個人・団体等とは一切関係のないことをおことわりいたします。

愛川　晶

参考文献

『落語大百科2』『落語大百科4』『落語大百科5』(川戸貞吉　冬青社)
『落語百選　冬』(麻生芳伸　ちくま文庫)
『正雀　芝居ばなし』(林家正雀　立風書房)
『師匠の懐中時計』(林家正雀　うなぎ書房)
『彦六覚え帖』(林家正雀　うなぎ書房)
『江戸前の男　春風亭柳朝一代記』(吉川潮　新潮社)

特別寄稿　稲荷町の思い出

林家正雀

今年（平成三十年）は、師匠彦六（八代目正蔵）の三十七回忌にあたります。今から三十六年前の一月二十九日に師匠は亡くなりましたが、あの日は雪催《ゆきもよ》いでしたので、今と比べてもずっと寒かったような気がします。

師匠は献体を望んでいて、その通りになりましたので、翌朝早くに病院に運ばれて、弟子一同でお伴《とも》をして行き、そこでお焼香《しょうこう》をして万事済んだのでした。

あっけないお別れと、これから先のことを思うと心細くて、余計寒さが身に染みました。

師匠は生前、弟子を集めては、「お葬式はやってくれるな。若い噺家が、香典の心配をするのは可愛相だ。それに人間目をつむったら無になるのが一番いいんだ。噺も人生も砂絵と同じなんだから」とよく申しておりました。

砂絵とは、浅草の観音堂のところでお婆さんが、客の注文通りに富士山や天《あま》の橋立《はしだて》を色の着いた砂で描き上げるというものです。投げ銭をもらうと、「もうようございんすか」と言って、砂をサーッと掃いてしまって終わりなんだそうで、心には残るが、実際には何も残らない、これが師匠の理想だったんです。

けれども、何も献体までしなくてもいいのになァと思ったのが正直なところです。何でそこまでしたんだろうと疑問に思っていたところ、数年前にその理由がわかったのです。

池波正太郎先生のエッセイに、長谷川伸《しん》先生の教えの一つが、「死んでも人の役に立ちなさい」だったと書かれていたのでした。

長谷川伸先生を大崇拝していた師匠ですから、この言葉に従っての行動だったのだと思い、涙を新たに致しました。

師匠は望まないだろうなとは思っても、やはり三十七回忌の追善の会を企画しようかと考えている時に、愛川晶さんの、師匠が探偵になって登場する『高座のホームズ』が届いたのです。

先様から解説文をとの依頼でしたが、それはおこがましいのでお断りをして、師匠のいろんな姿を書かせていただくことで御了承をいただいた次第です。

稲荷町の朝

地下鉄銀座線の稲荷町の駅から上に出て、浅草へ向かう通りを右に見ながら左に曲がります。一つ目の通りをまた左に曲がると、お米屋さんがあり、その隣りに六軒長屋が連なっています。一番手前が、紺地に光琳《こうりん》づたの紋が白く染めてあるのれんの掛かった、師匠彦六の住まいでした。

前座の頃は、師匠宅に八時までに行かなくてはなりませんでした。

噺家の中でも早起きの師匠は、大抵その時間には起きていて、朝刊を読みながら七合程の水を飲んでいたものです。「水が肝心だ、血液をサラサラにするから」とよく言い、若い頃から朝の日課にしていたそうです。水を好んだ師匠で、楽屋でもお茶は好まず、水を飲みました。それを「うちの師匠は水さえ出せば、ご機嫌だから」と言ったところ、師匠の耳に届いてしまい「馬鹿野郎、俺は金魚じゃねえや」と、しくじったものでした。

さて、水を飲み終えると、今度は立ち上がって、三十分かけて自分で考えた体操を始め、青竹踏みでおしまいにします。七十九歳で体を鍛えていたのですから、今考えても、すごい精神力だと感心をするのです。

師匠の日課はまだ続きます。玄関に出てお焚き上げにかゝります。紺ののれんを半分だけ上げて（のれんに通してある棒に掛ける）、鉄のフライパンにお線香を井桁《いげた》に組み、火を点けて、ご先祖供養のお経を三十分かけてあげるのでした。

その間、前座の私は台所、トイレ、玄関、六畳の居間の順に掃除を二時間かけてするのが役目でした。

十時を過ぎると電話が鳴り出します。噺家時間で十時前の電話はタブーだったんです。

入門したばっかりの頃は、この電話の応対が一番の難物でした。よくしくじったものです。「もしもし、あの、ボクです」と相手の声。それを聞いた私が、師匠に取り次ぎ、「あの、ボクさんだそうですが」。「ボクさん、そんな人は知らないな」と言って受話器を取った師匠が、「馬鹿野郎、うちの倅《せがれ》だ」。師匠の息子さんが、「僕です」と言ったのを、ボクさんと間違えてしまったのです。

深川書房という出版社からの電話では、師匠の十八番《おはこ》の「火事息子」のことを言われて、深川消防だと勝手に思い込み、これも大しくじりをしたのでした。

掃除の後には、お茶とお煎餅《せんべい》を出していただきました。今戸のお煎餅で実に美味《おい》しいんです。留守番の折に、そのお煎餅を缶から一枚抜いて食べたところ、翌日、お内儀《かみ》さんから叱られてしまいました。カレンダーにお煎餅の残りの枚数がちゃんと書いてあったのでした。

稲荷町の牛めし

林家の牛めしは、仲間内でも評判でした。いつ頃から師匠が牛めしを作り始めたのか、気にはなっていましたが、師匠にもお内儀さんにも聞けずじまいでした。のちに師匠の娘さんから伺うことができました。

稲荷町に越したのは、昭和七、八年頃で、それ以前は入谷《いりや》の長屋に住んでいたそうです。

そこに、屋台で牛めしを商っている人がいて、その人から拵《こしら》え方《かた》を習ったので、それならば仲間に振る舞ってやろうと師匠が腕を振るったのだそうです。

師匠宅の牛めしは、正月と師匠の誕生日と怪談祭り、それと暮《くれ》の正蔵会に出すと決まっておりました。

元日には、噺家だけでも百二、三十人は見えますので、仕込が大変なものでした。牛のスジ肉を六貫目も買ったのを覚えています。二十三キロです。その肉はゴム状のところが多くて、切るのに実に骨が折れました。四、五人の弟子で切りますが、一日がゝりの作業でした。後はお内儀さんの仕事で、練炭火鉢でコトコトと四、五日かけて煮込みます。仕上げに、焼豆腐と葱《ねぎ》を入れて、味が染みればできあがりです。

当時（昭和四十九年）は、コンビニも何もない頃で、元日には外食するところなどない時代でした。そこでお仲間が、挨拶かたがた、牛めしを目当てにいらしたのです。「おいしかった」「林家の牛めしは最高です」帰りがけに口々に褒めるのを聞き、「それで疲れを忘れますよ」と笑顔になるお内儀さんでした。味の染みた焼豆腐と葱で一杯飲んだあと、柔らかく煮込んだ肉を炊き立てのご飯にぶっかけた牛めしが仕上げですから、最高だったはずなんです。「牛丼じゃないよ、牛めしと言わなくちゃ値打がなくなる」誇らしげに言っていた、師匠でした。

稲荷町の教え

「高座のお辞儀は丁寧に」

師匠の高座でのお辞儀は実に丁寧でした。両手をきちんと付いて深々と頭を下げるお辞儀でした。他の師匠方よりもずっと丁寧でした。お客様からも、「お宅の師匠は丁寧にお辞儀をするね」と、よく言われたものでした。そういう習慣なのか、または何か理由があってのことなのかと思っていたところ、ある雑誌のインタビューでその訳を聞くことができたのです。「高座のお辞儀は深い思いを込めてしなくてはいけないものだ。第一は、『これから噺を演《や》らせていただきます。どうぞお聞きください』というお客様への思い。次には『その噺を教えてくださった師匠へのお礼の心』。もう一つは『その師匠を仕込んでくださった先人の方々への感謝の心』を忘れてはいけない」。師匠の丁寧なお辞儀の訳がわかったのでした。

「人間は、いいことをしたくなる時がある」

まだ見習いの頃、私が寄付をしようと思い立ったのです。困っている親子のために寄付をお願いしますという新聞記事を読み、その気になったのでした。早速手紙を書き始めたところ、お内儀さんから、「どこに手紙を書いているの」と聞かれたので正直に話をしましたら、「見習いの身分だから、そんな事をすることはないよ。まだお給金ももらってないのだから」と言われてしまいました。お内儀さんに逆らうわけにもいかず、困っているくださいました。

と、師匠が助け舟を出してくださいました。

「お婆さん、待ちなよ。この子がそうしたいと思ったんだ、その気持を大事にしてやんな。人間は、いいことをしたくなる時があるんだ」。そう言って、寄付の金額の半分を助けてくださったのでした。

「嘘をついてはいけない」

入門の時に厳しく言われたのが、「嘘をついてはいけないよ。嘘は一つでは済まないものので、次々と嘘をつかなくてはならなくなる。神経に障《さわ》るし、実に馬鹿々々しいことなので、嘘はよしな。もし、お前が嘘をつき、それを私が知った時には覚悟を決めるンだな」。つまり破門になるということなんです。これは怖いと思い、他のしくじりは随分とありましたが、そのしくじりだけはなく前座修業を続けておりました。ある日、いつもの通り朝の八時に師匠宅に参りますと、お内儀さんの姿はなく、師匠が長電話をしているところだったんです。長火鉢の猫板に肘を乗せて受話器を持っているので、それとわかったんです。普段から長電話を嫌っている師匠にしては珍しいなと思い、そのやさしい喋り方からして、相手は御婦人だなと確信をしたのです。程なくお内儀さんが戻られましたので、電話は済みましたが、「誰からの電話でしたの」とお内儀さんから聞かれた師匠、「協会の事務員からだよ。長くて困った」と嘘をついたんです。女性に関してはそういうこともあるんだなと思った次第です。

稲荷町の探偵

師匠が探偵役になるとは意外だとお思いかも知れませんが、実はピッタリと柄に合っていたのです。と言いますのも、私が入門する前ですが、師匠は岡本綺堂《きどう》先生の「半七捕物帳《とりものちょう》・半鐘《はんしょう》の怪」をお演りになっていました。その録音を時折聞きますと、推理を働かせる半七の声、下手人を諭《さと》す情を込めた声、等々で、正蔵半七が生き生きと活躍をしているのです。愛川さん描く師の探偵が、半七に重なってくる面白さを味わわせていただきました。

余談ですが、師匠のお内儀さんは、若い頃から長谷川一夫《かずお》丈の大ファンだったそうです。長谷川一夫丈はテレビ・舞台でも半七を十八番になさっていました。そこに師匠の半七ですから、ラジオの前のお内儀さんは、まさに至福の時を過ごしたに違いありません。

愛川さんの筆の力で、稲荷町の師匠宅が世話物の舞台のように感じられて、師匠とお内儀さんの声を久しぶりに聞いたような気になりました。

他にも、てっ橋を「お前、あたしの眼が節穴だとでも思っているのか」と大声で一喝するところは、私が師匠にそうされたような気がして困ったものでした。一方で、そのてっ橋が、高座で「浮世床」の半次の色っぽい件《くだり》を演ったあとに、ご婦人とそういう場面になるところなどは、愛川さんの遊び心を感じ、唸らされたものです。

奇《く》しくも、師匠の三十七回忌に、師匠とお内儀さんを改めて思い出させていただき、作者の愛川晶さんに深く感謝いたします。
師匠も、「あァ、ご苦労様」と言っているような気がします。

（はやしや・しょうじゃく　噺家）

本書は書き下ろし作品です

中公文庫

高座《こうざ》のホームズ
——昭和《しょうわ》稲荷町《いなりちょう》らくご探偵《たんてい》

2018年3月25日　初版発行

著　者　愛《あい》川《かわ》　晶《あきら》

発行者　大橋 善光

発行所　中央公論新社

〒100-8152　東京都千代田区大手町1-7-1
電話　販売 03-5299-1730　編集 03-5299-1890
URL http://www.chuko.co.jp/

DTP　柳田麻里
印　刷　三晃印刷
製　本　小泉製本

Published by CHUOKORON-SHINSHA, INC.
Printed in Japan　ISBN978-4-12-206558-1 C1193

各書目の下段の数字はＩＳＢＮコードです。978 - 4 - 12が省略してあります。

中公文庫既刊より

あ-79-1　ヘルたん　ヘルパー探偵誕生　愛川　晶

新人ヘルパーの淳が、往年の名探偵・成瀬氏の助けを借りて事件を解決。老人介護と本格ミステリが見事に融合した、浅草人情ミステリー開幕。〈解説〉白石公子

206028-9

あ-59-2　お腹召しませ　浅田次郎

武士の本義が薄れた幕末維新期、変革の波に翻弄される侍たちの悲哀を描いた時代短篇の傑作六篇。中央公論文芸賞・司馬遼太郎賞受賞。〈解説〉竹中平蔵

205045-7

あ-59-3　五《ご》郎《ろう》治《じ》殿《どの》御《お》始末《しまつ》　浅田次郎

武士という職業が消えた明治維新期、最後の御役目を終えた老武士が下した、己の身の始末とは。時代の境目を懸命に生きた人々を描く六篇。〈解説〉磯田道史

205958-0

あ-59-4　一路（上）　浅田次郎

父の死により江戸から国元に帰参した小野寺一路は、参勤道中御供頭のお役目を仰せつかる。家伝の行軍録を唯一の手がかりに、いざ江戸見参の道中へ！

206100-2

あ-59-5　一路（下）　浅田次郎

蒔坂左京大夫一行の前に、中山道の難所、御家乗っ取りの企てなど難題が降りかかる。果たして、行列は期日通りに江戸へ到着できるのか――。〈解説〉檀　ふみ

206101-9

あ-59-6　浅田次郎と歩く中山道　『一路』の舞台をたずねて　浅田次郎

中山道の古き良き街道風景や旅籠の情緒、豊かな食文化などを時代小説『一路』の世界とともに紹介します。いざ、浅田次郎を唸らせた中山道の旅へ！

206138-5

お-75-3　セクメト　太田忠司

若手刑事・和賀が追う連続「殺人鬼」殺人事件。凄惨な現場には、必ず一人の女子高生が現れていた。驚愕のハイブリッド警察小説・始動！〈解説〉梶　研吾

206049-4

お-75-4
クマリの祝福　セクメトⅡ
太田忠司
被害者の腹を裂き、内臓を奪う凄惨な殺人事件が高校の敷地内で起きた。所轄署に左遷された和賀は謎の言葉「くまり」を手掛かりに捜査を進めるが……。
206162-0

お-75-5
ゾディアック計画　セクメトⅢ
太田忠司
「ゾディアック」と名乗る犯人による猟奇的殺人事件が発生。殺戮の連鎖を止めるため、夏月が下した決断とは――。シリーズ完結編。
206264-1

こ-40-23
任侠書房
今野敏
日村が代貸を務める阿岐本組は今時珍しく任侠道を弁えたヤクザ。その組長が、倒産寸前の出版社経営を引き受け……。『とせい』改題。「任侠」シリーズ第一弾。
206174-3

こ-40-19
任侠学園
今野敏
「生徒はみな舎弟だ！」荒廃した私立高校を「任侠」で再建すべく、人情味あふれるヤクザたちが奔走する！「任侠」シリーズ第二弾。〈解説〉西上心太
205584-1

こ-40-22
任侠病院
今野敏
今度の舞台は病院⁉ 世のため人のため、阿岐本雄蔵率いる阿岐本組が、病院の再建に手を出した。大人気「任侠」シリーズ第三弾。〈解説〉関口苑生
206166-8

に-18-1
聯《れん》愁《しゅう》殺《さつ》
西澤保彦
なぜ私は狙われたのか？ 連続無差別殺人事件の唯一の生存者、梢絵は真相の究明を推理集団〈恋謎会〉にゆだねるが……。ロジックの名手が贈る、衝撃の本格ミステリー。
205363-2

に-18-5
黄金《きん》色《いろ》の祈り
西澤保彦
死んだ級友と、盗まれたサックス。人生の一発逆転を狙い、高校時代の未解決事件をモデルに小説を書いた「僕」が見出す衝撃の真犯人とは？〈解説〉佳多山大地
205946-7

に-18-6
幻視時代
西澤保彦
死んだはずの美人女子高生作家が写真のなかにうつっていた。これは心霊写真か、それとも⁉ 真実を求め、時空を超えた推理合戦が始まる！〈解説〉大矢博子
206007-4

各書目の下段の数字はISBNコードです。978－4－12が省略してあります。

に-18-7
幻想即興曲　響季姉妹探偵　ショパン篇
西澤保彦
四十年前の殺人事件で私が見た演奏者は誰？　全ての謎と想いが一本の小説となり、響季姉妹の前に現れる！〈ミステリの雄〉が贈る美人姉妹探偵シリーズ開幕。
206077-7

に-18-8
下戸は勘定に入れません
西澤保彦
酔えば酔うほど時間が戻る⁉　お酒を呑むと、同席者と共にタイムスリップしてしまう古徳先生。その特異体質と推理力で昔の恋を取り戻せるか？〈解説〉池上冬樹
206279-5

み-17-4
鎖と罠　皆川博子傑作短篇集
皆川博子
過去に縛られた者たちを待ちかまえる死の罠——。幻想ミステリの女王・皆川博子の初期傑作を厳選した、文庫オリジナル短篇集。〈解説〉日下三蔵
206431-7

や-49-1
菜《な》種《たね》晴《ば》れ
山本一力
五歳にして深川の油問屋へ養女に迎えられた菜種農家の娘。その絶品のてんぷらは江戸の人々をうならせる。いくつもの悲しみを乗り越えた先に、彼女が見たものとは。
205450-9

や-49-2
まねき通り十二景
山本一力
頑固親父にしっかり女房、ガキ大将に祭好き……お江戸深川冬木町、涙と笑いで賑わう毎日。著者自ら「格別に好きな一作」と推す、じんわり人情物語。
205730-2

わ-16-1
プレゼント
若竹七海
トラブルメイカーのフリーターと、ピンクの子供用自転車で現場に駆けつける警部補——。間抜けで罪のない隣人たちが起こす事件はいつも危険すぎる！
203306-1

わ-16-2
御子柴くんの甘味と捜査
若竹七海
長野県から警視庁へ出向した御子柴刑事。甘党の同僚や上司からなにかしらスイーツを要求されるが、日々起こる事件は甘くない——。文庫オリジナル短篇集。
205960-3

わ-16-3
御子柴くんと遠距離バディ
若竹七海
長野県警から警視庁へ出向中の御子柴刑事は平穏な日々を送っていたが、年末につぎつぎと事件に遭遇し、さらには凶刃に襲われてしまう！　シリーズ第二弾。
206492-8

う-30-1
「酒」と作家たち
浦西和彦 編

『酒』誌に掲載された川端康成ら作家との酒縁を綴った三十八本の名エッセイを収録。酌み交わし、飲み明かした昭和の作家たちの素顔。〈解説〉浦西和彦

205645-9

う-30-2
私の酒 『酒』と作家たちII
浦西和彦 編

『酒』誌に寄せられた、作家による酒にまつわるエッセイ四十九本を収録。酒の上での失敗や酒友と過ごした時間、そして別れを綴る。〈解説〉浦西和彦

206316-7

お-88-1
古本道入門 買うたのしみ、売るよろこび
岡崎武志

古本カフェ、女性店主の活躍、「一箱古本市」……。いま古本がおもしろい。新しい潮流と古きよき世界を橋渡しする著者が、魅惑の世界の神髄を伝授する。

206363-1

か-18-7
どくろ杯
金子光晴

『こがね蟲』で詩壇に登場した詩人は、その輝きを残し、夫人と中国に渡る。長い放浪の旅が始まった――青春と詩を描く自伝。〈解説〉中野孝次

204406-7

か-18-10
西ひがし
金子光晴

暗い時代を予感しながら、喧噪渦巻く東南アジアにさまよう詩人の終りのない旅。『どくろ杯』『ねむれ巴里』につづく放浪の自伝。〈解説〉中野孝次

204952-9

か-18-12
じぶんというもの 金子光晴老境随想
金子光晴

友情、恋愛、芸術や書について――波瀾万丈の人生を経て老境にいたった漂泊の詩人が、人生の後輩に贈る人生指南。〈巻末イラストエッセイ〉ヤマザキマリ

206228-3

か-18-13
自由について 金子光晴老境随想
金子光晴

自らの息子の徴兵忌避の顚末を振り返った「徴兵忌避の仕返し恐る」ほか、戦時中も反骨精神を貫き通した詩人の本領発揮のエッセイ集。〈解説〉池内恵

206242-9

さ-64-1
江戸前の釣り
三遊亭金馬

釣りは人生に似ている。古今亭志ん生、桂文楽らと落語の一時代を築いた生粋の江戸っ子名人が、釣ってから食べるまでの「醍醐味」を語り尽くした名随筆。

205792-0